Le dernier jugement

DU MÊME AUTEUR

Les guerriers du silence :
1. Les guerriers du silence
2. Terra Mater
3. La citadelle Hyponéros

Wang :
1. Les portes d'Occident
2. Les aigles d'Orient
Atlantis – Les fils du Rayon d'or
Les fables de l'Humpur
Abzalon
Graine d'immortels
Rohel le Conquérant

Les derniers hommes :
1. Le peuple de l'eau
2. Le cinquième ange
3. Les légions de l'Apocalypse
4. Les chemins du secret
5. Les douze Tribus

Pierre Bordage

Les derniers hommes – 6

Le dernier jugement

Texte intégral

I

Kadija n'avait pas besoin de recourir à la symbiose avec Benjamin pour s'apercevoir que les temps approchaient du rassemblement des douze tribus de l'Eskato. Il lui suffisait de contempler la métamorphose de la terre, qui, après avoir pansé les blessures infligées par les hommes, revêtait ses nouvelles parures pour accueillir les Saints. La colère du ciel avait détruit la Grande Prostituée, la bête écarlate, les rois, les marchands et les faux prophètes des nations humaines, et Satan, le dragon, l'antique serpent, précipité dans l'étang de soufre et de feu, avait désormais perdu sa capacité à nuire.

Les Justes inscrits dans le livre de vie allaient bientôt investir cette terre nouvelle délivrée de la malédiction originelle, toucher les fruits de leur clairvoyance, de leur persévérance, de leurs mérites. Ils ne connaîtraient pas la maladie, ni la guerre, ni toutes ces souillures qui avaient jalonné l'histoire de leurs prédécesseurs. Les hommes n'avaient pas su saisir leur chance, ils étaient condamnés à disparaître, comme les dinosaures avant eux, comme toutes les espèces animales ou végétales qui n'avaient pas réussi à s'adapter aux changements. Ainsi le voulait la véritable logique de l'évolution, du rééquilibrage, de l'ordre, ainsi le proclamait le Verbe de l'Eskato.

Cependant, quelque chose empêchait Kadija de ressentir la béatitude qu'auraient dû lui valoir son état de Sainte et la perspective du jugement dernier. Quelque chose qu'elle ne pouvait pas encore analyser, mais qui, indubitablement, était lié au trouble de Benjamin, à la disparition de sa sœur, à la lutte désespérée des derniers hommes, à... sa propre attirance pour Solman le boiteux.

Elle avait retiré sa robe et s'était assise sur une colline au bas de laquelle passait l'ancienne piste. Elle s'était demandé comment Solman et les autres s'y prendraient pour franchir la Loire. Plus un seul pont n'était resté debout dans les ruines de

Tours, qui en avait probablement compté des dizaines avant la Troisième Guerre mondiale. La violence du courant et la densité des blocs de glace rendaient la navigation aléatoire, pour ne pas dire impossible. Il aurait fallu qu'ils traversent sur l'épaisse couche de glace, comme elle quelques jours plus tôt, mais la débâcle s'était amorcée avant que Solman recouvre la vision et perçoive ses communications silencieuses. Elle regrettait de pas être restée en sa compagnie jusqu'à son départ. Elle avait jugé opportun de s'éloigner afin de respecter son désir de solitude et de silence. Ce n'était sans doute pas la seule – la vraie – raison de son éclipse : elle craignait d'être compromise dans sa nature de Sainte si elle ne brisait pas l'élan qui l'entraînait inexorablement vers le donneur aquariote. D'être exclue de l'Éden le jour du jugement dernier. D'être condamnée à la seconde mort de ceux qui n'étaient pas inscrits dans le livre de la vie.

« Si nos corps gardent une apparence semblable à celle des hommes et des femmes, disait le Verbe, ce n'est pas pour renouer avec cette dualité qui a conduit les descendants d'Adam et Ève à leur perte, mais, au contraire, pour affirmer avec force que nous sommes un dans nos différences, que nous avons vaincu la tentation de puiser dans l'autre, dans l'opposé, dans l'image, ce qui se trouve à l'intérieur de nous-mêmes, notre essence, notre sainteté, notre feu éternel et sacré. »

Kadija s'allongea sur l'herbe, goûta les effleurements du vent sur sa peau, le contact de la terre grasse sur sa nuque, ses épaules, son dos et ses fesses. L'espace de quelques secondes, elle imagina que ces caresses étaient prodiguées par les mains et le souffle de Solman. Une étrange torpeur l'envahit, un engourdissement suave que ses connaissances étaient impuissantes à décrire mais qu'elle n'assimilait certainement pas à cet affaiblissement dangereux de ses défenses immunitaires renvoyé par l'écho faiblissant de Benjamin. Autour d'elle, des insectes butinaient les fleurs dans un concert de bourdonnements ivres. Ceux-là étaient, comme les anges, comme les chiens, les serviteurs de l'Eskato, chargés de disperser les pollens, de féconder la terre, de l'habiller d'une splendeur végétale qui supplanterait les fruits de la sueur et de l'orgueil des hommes.

L'Eskato avait confié une mission particulière à chacune des douze tribus, les unes s'occupant de régénérer la faune et la flore terrestres, les autres, les Saints immergés au fond des océans sans doute, lâchant des espèces nouvelles de poissons, de crustacés, d'anguilles, de sangsues, de batraciens, d'algues... qui rendraient leur limpidité originelle aux fleuves, aux rivières, aux nappes, aux sources. Une armée invisible, innombrable, se déployait dans les abysses, dans les profondeurs du sol, dans les plaines, dans les forêts, dans les massifs montagneux, dans les déserts, dans les jungles, dans les décharges et les ruines de l'ancien temps... Bactéries, alvins, insectes portaient les germes du renouveau dans les moindres recoins de la planète, neutralisaient les radiations nucléaires et les pollutions chimiques, inoculaient le sceau des Justes aux hordes d'animaux sauvages qui avaient survécu au feu des bombes, aux fléaux génétiques et à l'empoisonnement des eaux.

Même si la pesanteur – et ses propres tentations humaines – amoindrissait la qualité de la symbiose avec Benjamin, Kadija percevait le frémissement extatique qui baignait les membres de la tribu et semblait effacer les remises en question, les doutes sur le bien-fondé des enseignements de l'Eskato. Elle se sentait vraiment seule à présent, coupée de son monde d'origine, livrée à elle-même dans un environnement en pleine mutation. Avec un corps, lui aussi, en pleine mutation. L'enveloppe de chair qui renfermait son cerveau, sa mémoire, la somme de ses connaissances, commençait à prendre son indépendance, à affirmer ses besoins.

Sa sœur avait probablement éprouvé le même désarroi, expédiée, comme elle, trop tôt sur une terre encore imprégnée de la folie humaine. Sa sœur avait-elle pris du plaisir à cette lassitude qui alourdissait les membres et invitait à l'abandon du sommeil ? À cette perte de conscience pendant laquelle, selon Solman, les pensées se changeaient en rêves ? Avait-elle été fascinée par cette extraordinaire facilité qu'avaient les hommes à s'endormir tandis que les plus graves dangers rôdaient dans la nuit ? Avait-elle été persécutée par l'envie d'être... touchée par l'un d'eux ? De perdre son intégrité dans les bras de l'un d'eux ? Avait-elle ressenti la faim, la soif, autant de notions absurdes dans le contexte de Benjamin mais qui, ici, paraissaient indissociables de la vie ? Avait-elle perçu cet appel qui provenait d'un autre temps, d'une mémoire antérieure à celle des Justes ?

Les paupières mi-closes, Kadija observa le ciel sillonné de nuages gris annonciateurs de nouvelles pluies. La douzième tribu, la tribu de l'espace, s'était acquittée sans faiblir de la tâche que lui avait impartie l'Eskato : le contrôle du climat terrestre par la manipulation des paraboles, des capteurs, des projecteurs, des satellites, des divers instruments en orbite autour de la lune. Pendant près d'un siècle, Benjamin avait maintenu sur la planète un temps sec, glacial en hiver et brûlant en été, une jachère persistante qui avait permis aux sols de se régénérer. Il envoyait à présent un souffle chaud et humide qui transformait la terre en une gigantesque serre tropicale, fertilisait les sols, favorisait les échanges, libérait le bouillonnement de vie jugulé pendant près d'un siècle dans le permafrost de l'hémisphère nord et dans les zones arides de l'hémisphère sud.

Kadija avait elle-même l'impression de se réveiller après un long sommeil. La vie ne bouillonnait pas seulement autour d'elle, mais en elle. Elle s'était comportée comme un pur esprit dans la station orbitale, l'organisme n'étant qu'un véhicule pratique, un centre d'observation personnel muni de fenêtres extérieures, un outil technologique performant.

« S'il avait existé des formes supérieures à celles de l'anthropomorphie, nous l'aurions abandonnée sans hésitation, disait l'Eskato. Mais ni le silicium, ni l'ADN de synthèse ni les autres supports, si sophistiqués soient-ils, n'égaleront un jour la merveilleuse complexité de la physiologie. Nous garderons donc notre enveloppe originelle. Elle nous rapproche de l'humanité, mais entre elle et nous, il y a la même différence qu'entre les animaux et elle, qu'entre le règne végétal et le règne animal, qu'entre le règne végétal et le règne minéral. Nous sommes les marqués du Sceau, les éclats bénis du feu original, les fruits ultimes de l'évolution... »

Les mains de Kadija partirent en reconnaissance de son corps. L'idée ne l'en avait jamais effleurée dans l'espace. Elle avait suivi des femmes aquariotes ou sheulns dans leurs mouvements, elle avait épié leurs étreintes furieuses avec les hommes, elle les avait vues manger, boire, rire, pleurer, allaiter, remonter leur robe, s'accroupir, uriner, déféquer... autant de fonctions qui semblaient aller de pair avec les particularités de leurs organismes. Elle avait bu quelques gouttes d'eau au sortir de son combat victorieux contre le poison, elle avait mangé une gaufre, des expériences qui l'avaient marquée d'une empreinte indélébile. Elle s'attarda un long moment sur ses seins, éprouvant leur consistance à la fois ferme, souple et tendre. Une sensation agréable, ineffable, lui irradia la poitrine puis se propagea comme un pincement délicieux dans les ramifications de son système nerveux. Les défenses implantées par l'Eskato se déployèrent aussitôt, et un tel sentiment de dégoût la balaya qu'elle laissa retomber ses bras le long de ses hanches.

Pourquoi le feu originel l'avait-il dotée d'une bouche si ce n'était pour manger, boire, parler, rire, embrasser ? De seins si ce n'était pour allaiter, pour s'offrir aux regards, aux caresses ? D'un conduit entre ses jambes si ce n'était pour uriner et accueillir le sexe mâle ? D'une matrice si ce n'était pour enfanter ? D'un anus si ce n'était pour déféquer ? À quoi donc servaient tous ces attributs s'ils n'étaient pas conformes à la pensée de l'Eskato ?

8

Elle laissa se dissiper sa réaction de répulsion et, du bout des doigts, se pinça la pointe des seins. Elle éprouva une volupté plus intense, plus profonde, qu'à sa première tentative. Elle eut l'impression que les éléments participaient à son plaisir, que les frôlements du vent se faisaient plus insinuants, plus insistants, l'humidité de la terre plus pénétrante, le contact des herbes plus enjôleur, plus intime. Elle prit conscience de l'accélération de son rythme cardiaque, de la précipitation de son souffle, de la course ondoyante des frissons qui naissaient de sa poitrine et mouraient en vagues exquises à l'extrémité de ses membres. Les barrages de l'Eskato se mirent en place, cette fois, avec une brutalité proportionnelle à la violence de ses tentations : un flot d'antigènes jaillit en elle qui inhiba son système nerveux et la maintint paralysée dans l'herbe durant quelques minutes. Ses défenses immunitaires s'organisaient pour préserver son incorruptibilité de Sainte. Elles jouaient leur rôle avec la même efficacité qu'elles étaient intervenues pour nettoyer son sang des molécules de poison une dizaine de jours plus tôt. Elles se manifestaient dès qu'elles détectaient une perturbation, un désordre, une entropie, elles veillaient à maintenir l'équilibre, l'organisation, l'intégralité de l'information.

À empêcher le déclenchement de la flèche du temps.

Dès qu'elle en eut la possibilité, Kadija se releva et esquissa quelques pas. En elle grondait une révolte qui amplifiait la scission entre sa nature de Sainte et les aspirations de son corps de femme. Elle eut le sentiment d'être le jouet de forces qui la manipulaient, qui la dépassaient. Pourquoi donc Benjamin l'avait-il envoyée sur la terre ? La recherche de la sœur perdue ne lui semblait plus une réponse satisfaisante. La gorge imprégnée d'une étrange amertume, elle laissa errer son regard sur le moutonnement vert des collines entre lesquelles elle apercevait le ruban sinueux et gris de la Loire.

Solman...

Elle eut soudain la vision d'une embarcation ballottée par des flots tumultueux, percutée par les blocs de glace, elle entendit un grondement, des craquements, des hurlements. Ce n'était pas elle qui captait les images, les sons et les sensations, ni la tribu qui les lui transmettait, mais Solman qui lui adressait un message. Les Saints, les fruits ultimes de l'évolution, n'avaient pas le don de clairvoyance, ni d'ailleurs aucun autre don. Le Verbe ne s'accommodait pas de ces phénomènes psychiques intempestifs, irrationnels, incontrôlables.

Elle ramassa sa robe et, sans prendre le temps de l'enfiler, dévala à toutes jambes le versant de la colline.

II

Le radeau livré à lui-même filait à vive allure sur la Loire grossie par la débâcle et la fonte des neiges. Tantôt le courant, toujours aussi violent, le rapprochait de la rive, tantôt il le ramenait au milieu du fleuve. Il atteignait parfois une zone d'accalmie, mais, à peine les deux Sheulns encore équipés de leurs pelles essayaient-ils de le manœuvrer que les blocs de glace, surgissant de l'arrière, le percutaient de plein fouet et le propulsaient vers de nouveaux rapides. L'écume des gerbes et les gouttes de pluie tiraient des rideaux opaques, cinglants, qui transformaient les berges et les collines en ombres inaccessibles.

« Les cales ! cria Wolf. Elles sont en train de s'arracher ! »

La chemise détrempée, plaquée sur son torse, une main soudée au bas de la carrosserie, il s'était avancé vers le marchepied avec une prudence de loup, s'arrêtant régulièrement pour remonter la bretelle de son fusil d'assaut. La pluie semblait délaver ses yeux, qui ressemblaient à deux astres morts dans le ciel minuscule découpé par la fente de son passe-montagne.

Solman, lui, n'avait lâché à aucun moment la tige du rétroviseur. Il avait l'impression que le courant et le vent exploiteraient le moindre de ses mouvements pour le précipiter dans le fleuve. Les vibrations inquiétantes qui parcouraient la tôle du camion se communiquaient à sa colonne vertébrale et accentuaient les élancements à sa jambe gauche. Il soulageait de temps à autre sa jambe valide gagnée par les crampes en transférant le poids de son corps sur son bras accroché à la tige. Bien que sa position fût des plus inconfortables, il n'avait plus la possibilité d'en changer, trop diminué à présent pour anticiper et compenser les gîtes de l'embarcation. C'était déjà un miracle qu'aucun des Sheulns ne se fût noyé. Ils avaient perdu l'équilibre à maintes reprises, mais ils avaient réussi à s'agripper à une saillie, au pare-chocs, au châssis, et à se relever malgré les violentes projections d'eau.

Solman vit Wolf s'accroupir et observer les coins de bois

cloués aux troncs. Il ferma les yeux mais la peur et la douleur se liguèrent pour l'empêcher de s'immerger dans le silence de l'esprit. La vision, de toute façon, ne lui serait d'aucune utilité dans ces circonstances. Il n'avait pas d'autre choix que de placer sa confiance en mère Nature et d'accepter sa décision. Peut-être la cause des derniers hommes ne méritait-elle pas d'être entendue, peut-être les temps étaient-ils venus de s'effacer, de laisser la terre aux frères et aux sœurs de Kadija ? Il ne leur serait pas difficile d'en faire un meilleur usage, même s'ils fondaient leur légitimité, comme beaucoup d'autres avant eux, sur l'extermination d'une race supposée inférieure, sur un champ de cadavres. Kadija avait parlé d'une faute originelle, de l'aboutissement d'une logique millénaire. Était-ce à cette même faute que le livre de Raïma faisait allusion ? À cette faute en principe expiée par Jésus de Nazareth au nom de tous les hommes et dont l'agonie, à en juger par les résultats deux mille ans plus tard, n'avait servi à rien ? La souffrance du Christ, comme toutes les souffrances humaines, n'avait-elle été qu'un dû aussi exorbitant qu'absurde à la marche triomphale du temps ?

« Il faut absolument accoster, cria Wolf en se redressant. Ou nous risquons de perdre le camion. »

Solman se demanda si les secousses rageuses du radeau n'avaient pas renversé Moram et Ibrahim, placés de l'autre côté du véhicule. Il n'entendait plus leurs voix, ce qui n'avait rien d'étonnant avec le grondement assourdissant du fleuve, les gémissements des troncs et les grincements des blocs de glace. Le vent avait rabattu le col de sa canadienne sur ses épaules, et des gouttes fraîches s'insinuaient dans ses narines, entre ses lèvres. Il s'efforçait de ne pas les avaler, mais il consacrait une grande partie de sa vigilance à rester debout sur le marchepied fuyant, et, parfois, il prenait conscience que l'eau avait exploité son relâchement pour s'infiltrer dans son palais et s'écouler dans sa gorge. Pourtant, il ne ressentait pas les effets du Poison. Pas encore. Comme si les pluies des jours précédents avaient dilué le venin des anguilles ^{GM}.

Cela faisait maintenant un bon moment qu'ils avaient laissé derrière eux les ruines de Tours. Les nuages s'étaient crevés alors que Solman apercevait encore les formes irrégulières des bâtiments et des montagnes de gravats.

Wolf grimpa sur le marchepied avec une agilité étonnante pour un homme de sa taille. La laine imbibée de son passe-montagne, qui épousait les reliefs de son visage, avait la consistance d'une peau brune et rugueuse. Une embardée le projeta vers l'arrière mais il parvint à se rééquilibrer en se rivant à la poignée de la portière. Ses grosses veines bleutées tranchaient sur la blancheur ruisselante, irréelle, de ses mains. Il se hissa sur la marche supérieure et vint se placer près de Solman.

« Qu'en dit la vision, boiteux ?

— Elle ne dit rien du tout ! répondit Solman avec une agressivité proportionnelle à la douleur qui le crucifiait sur la tôle de la portière.

— Mal à la jambe, hein ? Tu devrais te mettre au sec dans la cabine. »

Solman tourna vers le Scorpiote un regard implorant.

« Je ne peux pas...

— Je vais t'aider. Pas seulement à te mettre à l'abri, mais à trouver une solution. Peut-être qu'en s'y mettant à deux... »

Wolf enroula son bras libre autour de la taille de Solman et le serra contre lui.

« Je te dirai quand lâcher le rétroviseur.

— Je vais tomber, Wolf...

— Fais-moi confiance.

— Faire confiance en celui qui... qui a tué ma mère ? »

Solman sentit, avec une netteté dérangeante, la tension soudaine des muscles de Wolf. Même si ces paroles étaient sorties involontairement de sa bouche, il regretta de les avoir prononcées. Accabler l'ancien Scorpiote n'était pas seulement inutile, mais injuste. C'était rajouter de la souffrance à la souffrance, amplifier la spirale qui s'apprêtait à disperser les cendres de l'humanité. Wolf s'était avancé aux limites de ses possibilités sur le chemin du rachat et, autant que les autres, davantage que les autres, il méritait de la compréhension, de la compassion.

« Confiance en ton... père. »

Solman discerna parfaitement l'aveu murmuré et emporté par le grondement du fleuve. Il avait su que Wolf était l'assassin de ses parents à la lueur de leur conversation au sortir du labyrinthe souterrain, il avait établi le lien avec les dernières paroles de mère Katwrinn, il en avait conclu que le Scorpiote était son père biologique, qu'il tenait de lui son don de clairvoyance, sa maigreur, ses yeux clairs, mais entendre la confession de sa bouche le frappa de stupeur, comme si l'abstraction s'était tout à coup matérialisée devant lui. Wolf venait de rompre les vœux de silence qu'ils avait observés pendant dix-huit ans de la même manière que le radeau avait brisé la corde tendue au-dessus de la Loire.

« Pourquoi... bredouilla Solman.

— Nous en parlerons plus tard. Quand nous serons sur la terre ferme. Laisse-moi faire. Ne cherche pas à résister, d'accord ? »

Solman acquiesça d'un clignement des paupières. Wolf entrouvrit la portière, lutta pendant quelques secondes avec le vent qui s'acharnait à la refermer, puis attendit que le radeau pénètre dans une zone un peu moins agitée.

« Maintenant. »

Solman estima que les gîtes de l'embarcation étaient encore trop prononcées pour lâcher la tige. Il vit, comme dans un rêve, une gerbe se pulvériser sur les extrémités des troncs et asperger deux Sheulns de la tête aux pieds. Les blocs de glace ondulaient comme des monstres à demi immergés dans les flots écumants.

« Maintenant », répéta Wolf.

Solman, cette fois, obtempéra, entièrement vidé de ses forces. Il prit vaguement conscience que Wolf le maintenait d'un bras ferme, le soulevait comme un enfant et pivotait lentement sur lui-même pour le pousser dans la cabine. La crosse du fusil d'assaut lui comprimait les côtes. Il continua de percevoir le grondement du fleuve et les hurlements du vent, puis se sentit soudain environné d'un calme insolite, comme s'il venait de pénétrer à l'intérieur d'une bulle de silence. Il lui fallut quelques minutes pour s'apercevoir qu'il était assis sur le siège conducteur, que sa tête et ses cheveux détrempés reposaient sur ses avant-bras croisés sur le volant. Sa jambe gauche prise de tremblements semblait ne plus lui appartenir. Wolf referma la portière, l'enjamba et alla s'asseoir à son tour sur la banquette passagers. Les grincements qui montaient du camion, le crépitement de la pluie et des embruns sur les vitres prenaient désormais le pas sur les autres bruits. L'amplitude des secousses paraissait diminuer, mais ce n'était qu'une sensation illusoire, un faux sentiment de sécurité entretenu par l'isolement de la cabine. La colère des éléments, filtrée par la tôle et le verre, n'avait rien perdu de son intensité.

« Je propose que, chacun de notre côté, nous essayions d'envoyer la vision dans la même direction, dit Wolf.

— Je ne vois pas comment on pourrait influer de quelque manière que ce soit sur le courant de ce fleuve, objecta Solman en se redressant. Et puis, vous... tu n'as pas dit à Moram que tu n'avais plus la capacité de provoquer le don?

— Je ne sais pas si on peut réellement agir sur la matière, je ne sais pas non plus si mon don daignera se manifester, je sais seulement que ça vaut la peine d'essayer. »

Solman détendit sa jambe gauche et lança un regard déterminé à Wolf.

« Je veux d'abord voir ton visage.

— Ah, tu es comme Moram! soupira le Scorpiote. Incapable de te fier à un homme que tu n'as jamais vu à visage découvert, hein?

— Je veux seulement voir le visage de mon père. »

D'un revers de manche, Wolf essuya la buée qui se formait sur la vitre et observa les Sheulns qui, courageux, obstinés, s'escrimaient à lutter contre le courant et les blocs de glace.

« Qu'est-ce que ça changera ?

— Si tu ne m'avais pas dit toi-même que tu étais mon père, j'aurais respecté ta volonté de rester anonyme.

— Tu l'avais déjà deviné. Quelle différence ?

— J'ai besoin maintenant que tu ailles jusqu'au bout. »

Wolf hocha la tête, se débarrassa de son fusil, puis, avec une lenteur qui traduisait son appréhension, entreprit de retirer son passe-montagne. Le cœur battant, la bouche sèche, Solman vit peu à peu apparaître le visage de son père. Il ne put retenir un geste de surprise. Le côté droit, d'une blancheur presque cadavérique, offrait un contraste saisissant avec le côté gauche qui, rongé, brunâtre, comme déchiqueté par des bêtes féroces ou léché par le feu, laissait entrevoir les cartilages du nez, les os des mâchoires et les racines des dents. Si les cheveux agglutinés par l'humidité tombaient en cascade épaisse et grise sur une épaule, ils se réduisaient à quelques fils épars, rêches et noirs de l'autre côté du crâne, également ravagé. Le hâle de la seule partie que le Scorpiote exposait à la lumière du jour, les arcades sourcilières, le coin des tempes et le haut des pommettes, lui dessinait un masque étroit autour des yeux.

« Une maladie dégénérative, murmura Wolf. Une variété de cancer sans doute provoquée par les radiations et transmise génétiquement. Elle s'est déclarée quand j'avais cinq ou six ans. Mon cadeau de donneur. Elle ne s'est pas seulement attaquée à l'une de mes joues, j'ai une hanche et une jambe salement amochées. À gauche.

— Je n'ai jamais remarqué que tu boitais... » bredouilla Solman.

Il aurait voulu ajouter quelque chose, dire par exemple que la joie de le contempler était infiniment supérieure à toute autre réaction, qu'elle fût d'horreur ou de pitié, mais les mots s'enrayaient dans sa gorge. Il comprenait que Wolf avait été condamné à la solitude bien avant de se mettre au service du conseil aquariote, coupé des autres dès son enfance, comme les transgénosés, comme Raïma, par une malédiction physique en comparaison de laquelle sa propre infirmité paraissait bénigne, presque dérisoire.

« Il y a bien longtemps que je ne serais plus de ce monde si les autres avaient eu vent de mon handicap, dit le Scorpiote. Les hommes ne sont pas plus courageux que les fauves : ils s'attaquent aux plus faibles des troupeaux. Tant qu'ils me croyaient en pleine possession de mes moyens, ils gardaient au fond d'eux une crainte qui me donnait l'avantage. Et comme je voulais à tout prix rester en vie, j'ai exercé mon esprit à dominer la douleur.

— Rester en vie ? Pourquoi ? »

Une gîte prononcée entraîna une nouvelle série de craquements et un mouvement de roulis du camion. Une buée opaque se propageait sur les vitres et retranchait les deux hommes dans l'intimité de la cabine.

« Pour veiller sur toi. Il m'était interdit de revendiquer mon droit à la paternité et...

— Qui te l'avait interdit?

— Celle qui était sans doute la sœur de Kadija. Nous en parlerons plus tard. Nous avons plus urgent à faire. »

Solman acquiesça d'un hochement de tête, se laissa aller contre le dossier du siège conducteur et ferma les yeux. Il fut instantanément ramené à cette nuit qui avait si souvent hanté ses pensées et ses rêves. Le simple fait de pouvoir mettre un visage sur la respiration saccadée qui offensait le silence de l'autre côté de la cloison de toile le délivrait définitivement de ses peurs, de ses hantises. Il n'était plus l'enfant perdu dans les ténèbres et tétanisé sur son matelas, il observait la scène enfin reconstituée avec une neutralité apaisante. Il n'avait plus à fuir dans les ténèbres parfumées de l'été. L'homme qui venait d'égorger ses parents ne lui voulait aucun mal, au contraire même, s'érigeait à partir de cet instant en gardien intraitable de son existence. Le crime de Wolf avait noué entre eux un lien invisible mais indestructible. L'assassin du conseil avait puisé dans ses remords, dans son malheur, un amour qui avait renversé les alliances et les lois, qui avait défié la matière et le temps, et Solman, à rebours, prenait conscience de toute la force de caractère qu'il avait fallu à son père pour exercer sa vigilance, pour expier sa faute, seul contre tous, traqué par les sbires du conseil, condamné à la solitude et au silence par sa maladie et ses secrets. Combien de trajets éprouvants sous les essieux des voitures ou des camions? Combien de jeûnes, combien de privations, combien de nuits épouvantables dans les remorques ouvertes aux vents ou dans le cœur d'une nature hostile? Combien de crimes commis à cause des pères et mères aquariotes? Combien de jours, combien de semaines à se demander comment il en était arrivé à trancher le cou de la seule femme qui l'eût jamais aimé, Mirgwann, la belle Aquariote qui avait accepté de lui ouvrir ses bras et son ventre malgré son visage saccagé?

Wolf abaissait les barrières qui, jusqu'alors, avaient empêché Solman de le sonder, s'autorisait enfin à relâcher son attention, à mettre sa mémoire à nu, à se soumettre à la vision et au jugement de son fils.

Solman découvrit, par les yeux de son père, le visage et le corps de sa mère, son regard à la fois inquiet, tendre et moqueur, ses lèvres pleines, sa chevelure ondulée et sombre.

Elle courait dans une lande déserte, vêtue d'une robe légère, pieds nus, se retournant tous les trois pas et semant des bouquets de rires dans son sillage. C'était cette image que Wolf gardait d'elle, un rêve insaisissable, un éclat de liberté, de beauté, de sensualité, de gaieté, dans un monde marqué par la dégénérescence, la violence et la mort. Il l'avait aimée avec sincérité, avec passion, mais la force destructrice qui s'exprimait à travers les pères et les mères du conseil aquariote s'était montrée plus forte que ses sentiments et, lorsqu'elle avait refusé de s'acquitter de sa part de marché, de leur remettre l'enfant comme convenu, il n'avait pas trouvé la force de se dégager de l'emprise de mère Katwrinn, d'enfreindre l'ordre qui lui avait été donné de la tuer. Il s'était donc rendu un soir à la tente de Mirgwann et de Piriq, son époux officiel dont l'impuissance, due à une forme de transgénose, était de notoriété publique. Il avait égorgé Piriq, à moitié ivre, avec la même facilité qu'un mouton et avait traîné son corps dans l'entrée avant de rejoindre Mirgwann dans la pièce centrale. Il l'avait trouvée en train de préparer le repas du soir. Elle avait tourné la tête, lui avait souri, s'était approchée sans un bruit pour ne pas donner l'éveil à son mari et l'avait embrassé avec fougue. Il l'avait repoussée avec une telle brutalité qu'elle était tombée sur le sol. Puis elle avait aperçu le couteau et compris les raisons d'une visite qu'elle avait d'abord prise pour une magnifique imprudence. Elle s'était mise à gémir, à crier, il s'était abattu sur elle, lui avait plaqué la main sur sa bouche, lui avait retroussé sa robe et l'avait violée, conformément aux instructions. Elle s'était débattue mais elle n'était pas de taille à se défendre contre lui. Il avait sans doute davantage pleuré qu'elle, surtout lorsqu'il lui avait posé la lame du couteau sur le cou et qu'il lui avait fendu la gorge d'un coup sec. Soutenant son regard agrandi par l'incrédulité et l'horreur, il avait attendu qu'elle expire avant de se relever et de remonter son pantalon. Il était resté à l'écoute du silence, couvert du sang de sa maîtresse, hébété, accablé par le remord, envahi d'un désespoir si poignant qu'il avait songé pendant quelques secondes à se planter la lame dans le cœur. Il avait perçu un froissement, une respiration hachée, des sanglots étouffés, et deviné que les bruits avaient réveillé l'enfant.

Il avait pris sa décision à ce moment-là : Solman, officiellement orphelin, serait désormais livré à la volonté du conseil aquariote, et nul n'était mieux placé que Wolf pour savoir ce qu'il coûtait à un donneur d'être le jouet des manipulations des pères et mères des peuples. La mort de Mirgwann avait brisé l'envoûtement, l'avait délivré de l'emprise de mère Katwrinn. Il avait payé un prix exorbitant pour la reconquête de sa liberté, un tourment que rien ni personne ne pourrait un jour apaiser, mais il lui fallait maintenant mettre sa rage et sa détresse au service de l'enfant, l'aider à grandir dans un environnement qui n'adorait les diseurs de vérité que pour mieux les brûler, le protéger contre les rapaces de tout poil qui pullulaient dans les campements. Il avait refoulé tant bien que mal son envie de retourner dans la tente du conseil et de faire subir à ses commanditaires le même sort que Mirgwann. La vengeance n'apporterait rien de bon, ne le soulagerait pas de sa faute, risquait même de se retourner contre son fils. Il devait apprendre à ne plus penser en fonction de ses désirs, mais en fonction des intérêts de Solman. Apprendre à se nier, à s'évanouir dans les ténèbres, dans le silence, dans le secret. Devenir un ange de la vie après avoir été celui de la mort. Solman, hagard, était sorti de la tente et s'était enfui à travers les bruyères. Il avait suivi à distance la petite forme claire qui s'était dirigée vers une grève de galets et avait pleuré pendant un long moment recroquevillée au pied d'un rocher. Posté en haut d'une falaise, Wolf avait repoussé jusqu'à l'aube la tentation d'aller le prendre dans ses bras et de le consoler. Quand il avait vu le groupe d'Aquariotes se saisir de Solman et le ramener au campement, il avait à nouveau versé des larmes, puis, fort de ses nouvelles résolutions, il était entré en clandestinité comme ses ancêtres, les résistants scotts de la Troisième Guerre mondiale qui avaient refusé de prendre parti pour l'un ou l'autre camp et qui, capturés par les soldats de la ligne PMP, avaient été fusillés par centaines sur une place publique de l'ancienne ville d'Édimbourg. Il n'avait pas tardé à vérifier le bien-fondé de sa décision quand, deux jours après ces événements, les pères et mères aquariotes avaient lancé à ses trousses quatre jeunes crétins chargés de l'abattre.

Des coups répétés entraînèrent Solman à rouvrir les yeux. La face grimaçante de Moram se découpait dans le carré de la vitre du côté passager. Le radeau avait cessé de gîter et le vent était tombé. Les fenêtres bleues qui se découpaient dans le plafond nuageux annonçaient le retour du soleil.

Wolf, qui avait enfilé son passe-montagne, ouvrit la vitre.

« Qu'est-ce que vous foutiez là-dedans ? grogna Moram.

— Besoin de se parler, dit le Scorpiote.

— Y a des moments mieux choisis pour ça ! On est sortis de ces putains de rapides. On ne va pas tarder à accoster. »

Les blocs de glace dérivaient paresseusement sur les courants apaisés.

Solman ignorait si la vision avait un quelconque rapport avec cette accalmie inespérée, mais il eut le sentiment que mère Nature avait rendu son verdict.

III

Le camion peinait à s'arracher de la terre gorgée d'eau. Moram choisissait les passages les moins dégradés, mais les zones d'herbe dissimulaient parfois des flaques meubles où les roues s'enfonçaient, patinaient, foraient des cratères en projetant d'imposants panaches de boue.

Wolf et Solman avaient pris place sur la banquette passagers tandis qu'Ibrahim s'était installé dans la remorque. Le débarquement du camion n'avait soulevé aucune difficulté. Les Sheulns avaient réussi à échouer l'avant du radeau sur une grève de sable et de cailloux. Les secousses de l'embarcation et le roulis du véhicule avaient pratiquement arraché les clous des cales.

« Quelques centaines de mètres de plus dans ces putains de rapides, et le camion y passait! s'était exclamé Moram. Et peut-être bien que nous aussi! »

Les Sheulns avaient décidé d'exploiter sans attendre la faiblesse relative du courant pour traverser dans l'autre sens, prévoyant de regagner à pied le bunker des ruines de Tours. Ils avaient à peine prêté attention aux paroles de remerciements de Solman, ils avaient salué, poussé le radeau à l'eau et ramé avec énergie. Il ne leur avait pas fallu plus de dix minutes pour gagner l'autre rive. Là, ils avaient adressé de grands signes au donneur et à ses trois accompagnateurs et, pressés de rassurer leurs familles, s'étaient mis en chemin.

« Le courant a dû nous balader sur six ou sept kilomètres depuis Tours, dit Moram. Comment est-ce que tu comptes retrouver la fille? »

Ils roulaient sur des coteaux qui dominaient les méandres du fleuve et où la terre jonchée de pierres avait une consistance un peu plus dure. Il ne restait plus une seule trace de la neige et de la glace qui, quelques jours plus tôt, avaient emprisonné le paysage dans leur désolation blanche. Les pentes douces des collines s'habillaient d'un vert tendre criblé de taches jaunes, mauves ou rouges. Les branches des arbres s'enguirlandaient de bourgeons dont certains s'épanouissaient déjà en feuilles ou en fleurs. Ce printemps accéléré rappelait à Solman les paroles prononcées par Kadija dans la cabine du camion de Moram : « Les serviteurs de l'Eskato déclencheront la métamorphose finale de la terre pour la rendre digne de ses nouveaux habitants. » La fin était proche et, visiblement, les frères et les sœurs de Kadija avaient d'ores et déjà scellé le sort des derniers hommes.

« La sœur de Kadija, c'était donc... mère Katwrinn », murmura Solman.

Ce n'était pas vraiment une question, plutôt une réflexion, une pensée égarée.

« J'en suis convaincu, répondit Wolf. La première fois que j'ai vu Kadija, j'ai immédiatement pensé à la Katwrinn d'il y a vingt-cinq ou trente ans. Même genre de beauté froide, inaccessible, même genre de distance dans le regard et dans le comportement. Elle semblait venir d'un autre monde.

— On ne lui connaissait pas de parents ? Pas de famille ?

— J'ai interrogé quelques anciens pour essayer d'en apprendre un peu plus à son sujet. Selon eux, le peuple aquariote l'a recueillie et adoptée à l'âge de dix-huit ou vingt ans, elle est restée muette pendant plusieurs années avant de retrouver subitement l'usage de la parole. Pas mal d'hommes lui ont tourné autour, mais elle n'a jamais voulu d'un mari ni même d'un amant. Tout ce qui l'intéressait, c'était de conquérir le conseil aquariote, de se servir des uns et des autres pour arriver à ses fins. Elle était comme ces fanatiques qui se croient investis d'une mission sacrée. Elle avait un tel pouvoir de persuasion qu'il était difficile, voire impossible, de lui résister. Tu es le seul qui se soit mis en travers de son chemin, Solman. Et pourtant... »

Le raffut du moteur, dû à un nouvel enlisement, couvrit la voix de Wolf. Moram n'ayant pas réussi à sortir le camion de l'ornière, ils durent descendre pour disposer des pierres et des branches sous les roues. Le soleil brillait de tous ses feux dans un ciel entièrement dégagé, et la température avait augmenté d'une bonne quinzaine de degrés. Seul le léger fond d'air frais qui sous-tendait les souffles de vent démentait l'impression d'être passé sans transition des rigueurs de l'hiver à la fournaise de l'été.

Ibrahim sortit de la remorque pour les aider à combler la cavité creusée par la roue. Il semblait endurer un vieillissement aussi rapide que le renouvellement de la nature, s'enfoncer à vue dans l'hiver de sa vie. Lui qui avait paru si vigoureux, si souple, quelques semaines plus tôt peinait maintenant à se courber et à porter les pierres. Sa peau se parcheminait, lui rentrait dans les os, lui donnait l'allure d'un corps en phase de décomposition. Ses yeux ne pétillaient plus que par intermittence, comme si son âme subissait des éclipses. Cependant, la sérénité qui se dégageait de lui indiquait qu'il acceptait pleinement cette dégénérescence tardive et brutale, voire qu'il en éprouvait du soulagement. Aucune plainte ne s'échappait de ses lèvres rainurées, aucune manifestation de mauvaise humeur n'accompagnait les craquements de ses os, les douleurs cuisantes à ses muscles et à ses tendons.

Moram parvint à dégager le camion au bout de trois tentatives et nettoya, à l'aide d'un chiffon, l'épaisse couche de boue qui recouvrait les vitres et les phares.

« Pourtant, quoi? » demanda Solman quelques instants après qu'ils eurent regagné leurs sièges.

Moram embraya, accéléra, fixa le donneur d'un air perplexe, puis comprit la signification de cette question quand il entendit la réponse de Wolf :

« Pourtant, c'est elle, Katwrinn, qui est à l'origine de ta naissance. Elle voulait un donneur au peuple aquariote pour, disait-elle, jeter un pont entre l'en haut et l'en bas. C'était la mission que lui avait confiée une mystérieuse fraternité chargée de préparer les temps nouveaux. Elle nous avait promis, aux autres membres du conseil et à moi, que nous serions admis dans le nouvel Éden si nous l'écoutions, si nous exécutions ses ordres. Nous l'avons crue. Proposez à n'importe quel crétin de devenir un élu, un être supérieur, et il vous suivra aveuglément. Ça s'est toujours passé comme ça dans l'histoire...

— Tu fais aussi partie des crétins, alors? » lança Moram.

Wolf fixa le chauffeur pendant quelques secondes avec une intensité qui chargea d'électricité l'atmosphère de la cabine, puis, sans le quitter des yeux, arracha son passe-montagne d'un geste brutal. La stupeur se traduisit chez Moram par un coup de frein intempestif qui les projeta tous les trois vers l'avant et faillit étouffer le moteur.

« Les maladies génétiques, fit Wolf d'une voix légèrement tremblante. Elles ne font pas seulement de dégâts dans les corps, mais aussi et surtout dans les esprits. Chez les Scorpiotes, elles ont de tout temps engendré des complexes, une aspiration à la reconnaissance, à la revanche... »

Moram débraya, arrêta le camion et tira le frein à main.

« Putain de merde, murmura-t-il. Désolé, je ne savais pas. »

Il n'osait plus maintenant regarder le visage saccagé du Scorpiote. Que serait-il devenu, lui, si une saloperie de maladie lui avait rongé la moitié de la tête? Si son apparence avait repoussé les femmes ? Si Hora l'avait dédaigné ? Ses yeux, cherchant une échappatoire, s'évadèrent sur les collines partiellement boisées qui s'évadaient en courbes douces vers la ligne d'horizon.

« J'étais donneur, mais attentif à ce genre de promesse autant que les autres, peut-être davantage que les autres, dit Wolf. Katwrinn m'avait dit que la fraternité pourrait neutraliser ma maladie, remodeler mon visage, ma hanche et ma jambe, me permettre enfin de jeter ce foutu passe-montagne. Je la croyais sincère. Peut-être l'était-elle à ce moment-là ? Peut-être l'intelligence destructrice s'est-elle ensuite glissée dans son esprit pour se servir d'elle et mieux planifier l'extermination des derniers peuples nomades ? Toujours est-il que nous avons exécuté ses consignes à la lettre. Elle nous a demandé par exemple de lui rapporter des cheveux ou des ongles de tous les Aquariotes, hommes et femmes...

— Bon Dieu, pour quoi faire ? coupa Moram.

— Démarre. Il ne nous reste plus beaucoup de temps, et on peut parler en roulant. »

Le chauffeur s'exécuta sans protester bien que l'ordre lui eût été intimé avec une certaine sécheresse. Le camion reprit sa progression cahotante sur les coteaux inondés de soleil.

« Pour l'analyse génétique, reprit Wolf. Elle possédait de curieux instruments qui, d'après elle, déterminaient les compatibilités génétiques. Elle a procédé à des milliers d'analyses pour choisir le père et la mère du futur donneur. Bien sûr, il existe toujours une petite place pour le hasard, mais elle s'était efforcée de réduire les risques. La mère, c'était Mirgwann, alors filleule de Gwenuver. Mais nous avons dû attendre qu'elle soit en âge de...

— Comment ça, nous ? intervint Moram. Qu'est-ce que t'avais à voir là-dedans ?

— Le père, c'était moi.

— Hein ? »

Deuxième coup de frein de Moram, plus appuyé que le premier. Le moteur cala, un silence oppressant envahit la cabine.

« Si tu t'arrêtes à chaque phrase, on n'est pas près de retrouver Kadija, dit Wolf.

— C'est vrai, ce que ce... dingue raconte ? » demanda Moram à Solman.

Le donneur acquiesça d'un hochement de tête.

« J'étais le seul à avoir le don, le seul à pouvoir le transmettre, poursuivit le Scorpiote. J'ai aussi transmis à Solman une partie de mon héritage scott, ce qui explique la malformation de sa jambe gauche.

— J'aurais dû m'en douter, marmonna le chauffeur. Vous

avez les putains de mêmes yeux! La même maigreur, la même allure. Et comment... »

Moram s'aperçut que la question qui lui brûlait les lèvres risquait de claquer comme une insulte.

« Comment j'ai fait, avec cette gueule-là, pour séduire une femme comme Mirgwann, c'est ça ? » lança Wolf.

Le silence embarrassé du chauffeur équivalait à une approbation.

« Maître Quira, le guérisseur aquariote, m'a ramené à la vie lorsque la caravane aquariote m'a recueilli sur les rives de la Baltique. Mais il n'utilisait pas son art seulement pour guérir.

— Tu veux dire qu'il lui a donné un philtre, ou un truc de ce genre?

— Mirgwann aimait la vie. Son mariage avec Piriq, un homme qu'elle appréciait comme un frère, lui avait permis d'échapper à la tutelle de Gwenuver. Piriq étant alcoolique et impuissant, elle allait chercher le plaisir dans les bras d'autres hommes. Maître Quira lui prescrivait des plantes contraceptives depuis sa puberté. Elle n'a pas vu la différence quand, un soir, il lui a fait boire une préparation dans laquelle il avait ajouté quelques gouttes de mon sang. Les jours suivants, elle a rompu avec Chak, qui était son amant en titre depuis quelque temps, et est venue me trouver dans ma tente. Trois mois plus tard, elle était enceinte. Le hasard s'est bien invité, mais pas là où on l'attendait : le conseil n'avait pas prévu que je tomberais amoureux d'elle. Elle était ma... première femme. J'ai tout appris avec elle. Tout... »

Wolf marqua un temps de silence, les yeux dans le vague. Moram l'observa du coin de l'œil et remarqua que, de profil, ses deux passagers, outre leur maigreur et la couleur de leurs yeux, présentaient des ressemblances troublantes, entre autres les mêmes nez et mentons affûtés comme des lames.

« Et puis Solman est né. Seuls Katwrinn et moi avons immédiatement deviné qu'il avait le don malgré son corps malingre, contrefait. Quelque chose de spécial dans le regard, une profondeur qu'on ne trouve pas chez les autres enfants. Hors de question que je revendique ma paternité. Jamais les Aquariotes n'auraient accepté que leur donneur soit le fils d'un Scorpiote. Piriq restait le père officiel même si chacun, dans le campement, se demandait qui était le père officieux. Le conseil a convoqué Mirgwann pour lui expliquer ce qu'il attendait d'elle : elle avait mis au monde un être d'exception, un donneur, elle devait leur confier l'enfant après son sevrage. Mirgwann s'est soumise, du moins en apparence. Je pense qu'au fond d'elle, elle avait déjà pris sa décision. Nous sommes restés amants, mais elle n'a jamais abordé le sujet devant moi, sans doute parce que je n'étais pas censé être dans les secrets du conseil. Elle a allaité Solman pendant près de trois ans. À la première visite que lui a rendue mère Katwrinn, elle a réussi à négocier un sursis supplémentaire de trois ans, disant que son fils était encore trop chétif pour être privé de sa mère. Piriq et elle ont alors commencé à envisager leur départ, mais les circonstances favorables qu'ils attendaient ne se sont jamais présentées. Trois ans plus tard, le conseil est revenu réclamer l'enfant. Mirgwann a paniqué. Elle m'a parlé de son projet de fuite sans savoir que j'irais aussitôt en référer au conseil. Mère Katwrinn a persuadé les autres qu'il fallait se débarrasser du couple au plus vite et récupérer l'enfant avant qu'il ne soit trop tard. Ils étaient réticents, surtout mère Gwenuver, peut-être parce qu'elle avait été la tutrice de Mirgwann. Ils ont fini par accepter et m'ont chargé de la besogne. Ils ignoraient que j'aimais la femme qu'ils me demandaient de tuer, la mère de mon fils.

— Pourquoi tu l'as fait, alors ? demanda Moram.

— Démarre.

— Quand tu auras terminé ta putain d'histoire ! » se rebiffa le chauffeur.

Wolf hocha la tête et ouvrit la portière pour aérer la cabine. Un air imprégné d'essences fleuries chassa la buée qui s'était formée sur les vitres.

« Je l'ai fait parce que le venin inoculé par mère Katwrinn a empoisonné mes sentiments. Je pensais que le sacrifice de Mirgwann était une épreuve imposée par la fraternité sur le chemin du monde nouveau, de la guérison, de la renaissance. J'étais un fanatique à ma manière, un homme que l'idéal avait coupé du présent. Lorsque j'ai vu son sang jaillir de sa gorge ouverte, lorsque j'ai vu la mort assombrir ses yeux, j'ai pris conscience de mon erreur. Mais il était trop tard. Trop tard... Tu peux démarrer maintenant.

— Juste un truc. Pourquoi mère Katwrinn tenait tant à donner un clairvoyant au peuple aquariote ?

— Je ne sais pas au juste. J'ai l'impression qu'elle était paumée. Qu'elle cherchait des réponses qu'elle ne pouvait pas trouver en elle-même. Qu'elle avait besoin d'une antenne pour renouer le contact avec sa fraternité. Elle a définitivement perdu la tête au sortir du relais de Galice. Solman l'a confondue avec une facilité surprenante pour qui la connaissait. Elle s'est défendue avec l'incohérence des fous, avec des imprécations, des insultes, elle a fini par se trahir.

— Ah, t'étais là ?

— J'ai toujours été là. Toujours près de Solman. C'est le boulot des fantômes que de hanter. »

Moram tourna la clef de contact. Le moteur hoqueta avant

de démarrer. Une vague odeur de gaz monta des bouches d'aération. Wolf referma la portière et remit son passe-montagne.

« Tu dis que mère Katwrinn avait tout manigancé, mais, en Galice, elle a parlé d'héritage biologique, de hasard... avança Moram.

— Les choses lui échappant, elle a choisi de nier sa responsabilité, de mettre son échec sur le compte du hasard. »

Ils ne prononcèrent pas un mot avant d'atteindre les ruines étalées sur la rive septentrionale de la Loire, où des nuages industrieux d'insectes se déplaçaient de relief en relief.

« Je l'ai tuée, dit soudain Solman. J'ai tué la sœur de Kadija. La Sainte à qui je devais la vie. »

Il lui semblait que cette exécution, qui sur le coup lui était apparue juste et nécessaire, signait irrévocablement la condamnation des derniers hommes. La tribu de Kadija avait douté de la nécessité d'en finir une fois pour toutes avec l'humanité et avait dépêché une première envoyée auprès des peuples nomades. Et elle, l'immortelle, la Juste, avait reçu la mort de celui-là même dont elle avait provoqué la naissance, de ce donneur qu'elle avait tant désiré pour nouer un lien entre les mondes. Les ultimes paroles de Katwrinn lui revinrent en mémoire : « Je n'ai jamais été une femme, je n'ai jamais pu m'ouvrir à l'amour, ni d'un homme ni d'une femme, j'ai hérité la sécheresse, de corps et de cœur, je n'avais pas de place, pas ma place... » Il n'y avait ni culpabilité ni innocence dans ces mots, seulement l'aveu d'une blessure profonde, d'un intolérable écartèlement. Sans doute avait-elle essayé de toutes ses forces de comprendre les êtres humains, mais il lui avait manqué l'essentiel pour atteindre son but, la compassion, l'amour, et cette « sécheresse de cœur et de corps » s'était transformée en orgueil, en mépris, en folie. Le vieillissement avait dû l'horrifier, elle à qui on avait promis l'immortalité. Elle avait probablement cherché une compensation dans l'exercice radical du pouvoir, comme Irwan, comme Gwenuver, comme tous ceux qui croyaient gagner l'éternité en marquant le temps de leur empreinte. Pauvre Katwrinn... Elle n'avait connu de l'humanité que ses aspects les plus déplaisants. Elle s'était consumée en une solitude étouffante, régnant dans l'ombre sur le conseil aquariote, favorisant la division des peuples nomades, accomplissant sans le vouloir les volontés de l'Eskato.

« Une sainte ? Putain, non, je ne vois pas les saintes comme ça ! grogna Moram. Et si tu l'as tuée, c'est qu'elle le méritait. Combien de cadavres elle avait sur la...

— Elle est morte parce que nous n'avons pas su l'apprivoiser, coupa Solman. Moi le premier : j'ai manqué de clair-voyance, je n'ai pas su m'en faire une alliée. Quand Kadija saura que...

— Rien ne t'oblige à lui dire ! » objecta Moram.

Le regard de Solman accrocha un mouvement sur le flanc d'une colline qui surplombait les ruines. Il n'eut pas besoin de recourir aux jumelles pour reconnaître la chevelure noire et la silhouette élancée de Kadija.

« Les hommes se sont trop souvent cachés d'eux-mêmes par le passé, dit-il. Le mensonge et l'oubli n'ont jamais adouci les sentences. »

IV

Des cahots secouaient la remorque dont Solman et Ibrahim avaient entrouvert la bâche. Les rayons obliques du soleil déposaient des cercles dorés sur les matelas étalés. De temps à autre, s'invitaient des nuées d'insectes curieux que le vieil homme ne parvenait pas à identifier.

« Ou ma mémoire me fait défaut, ou bien ce sont des espèces non répertoriées », disait-il avec un haussement d'épaules résigné.

Solman voyait défiler par l'ouverture des ramures entièrement couvertes de feuilles. L'hiver ne semblait avoir existé que dans un passé lointain, dans un songe. Le ronflement du moteur provoquait des vibrations persistantes sur le plancher de la remorque. Assise contre une caisse de vivres, Kadija paraissait plongée dans ses pensées. Elle avait enfilé sa robe juste avant de s'avancer à la rencontre du camion, mais Solman avait eu le temps de remarquer que sa peau avait légèrement bruni. Ce hâle, bien qu'à peine perceptible, rendait sa beauté plus accessible, plus attirante, plus... humaine. De même, son regard avait perdu de son éclat éthéré pour gagner une densité nouvelle, presque matérielle.

Solman tenta de la contacter par la vision, mais, une nouvelle fois, elle resta fermée à ses sollicitations. Il s'aperçut qu'elle nageait en eaux troubles, que, comme Katwrinn quelques décennies avant elle, elle errait entre deux mondes, tiraillée entre ses aspirations humaines et son conditionnement de Sainte. Elle avait acquiescé d'un bref mouvement de tête lorsqu'il lui avait demandé s'ils devaient prendre la direction du Nord. Tôt ou tard, il faudrait cependant qu'elle surmonte son désarroi pour leur indiquer leur destination finale. Moram avait attiré leur attention sur les risques de panne sèche. Le camion, selon le chauffeur, disposait d'une autonomie maximale de trois cents kilomètres, sans doute un peu moins si on comptait les surplus de consommation dus au mauvais état de la piste et aux enlisements. Mais Solman évitait de la brusquer, conscient qu'elle risquait à jamais de se rétracter ou de basculer dans la folie s'il intervenait trop brutalement dans son cheminement intérieur. Les Aquariotes avaient eu besoin de dix-huit ans et de circonstances dramatiques pour accepter leur donneur ; elle, qui venait d'ailleurs, avait seulement disposé de quelques jours pour se familiariser avec les êtres humains. Pourtant, et la métamorphose de la terre le confirmait, l'heure approchait de la confrontation décisive entre les derniers hommes et ceux qui se présentaient comme leurs successeurs.

« J'ai repensé à l'Eskato après notre conversation de l'autre jour », dit soudain Ibrahim.

Les yeux noirs de Kadija volèrent comme des oiseaux effarouchés vers le visage ridé du vieil homme.

« J'ai repensé à la signification du mot eschatologie, poursuivit Ibrahim. Il ne s'applique finalement qu'à un seul texte, celui de l'Apocalypse de Saint-Jean. Je ne connais pas d'autre tradition qui ait ainsi décrit la fin de l'humanité. Le Bardö-Thödol, le Livre des morts d'un peuple d'Asie, parle bien de la vie après la mort, mais il s'agit de décrire le voyage de l'âme après l'extinction du corps, en aucun cas la fin d'un monde et une résurrection collective.

— Quelle conclusion en tirez-vous ? » demanda Solman.

L'intérêt de Kadija pour les propos d'Ibrahim ne lui avait pas échappé. Peut-être pouvait-elle se servir de ce lien entre l'Eskato du passé et l'Eskato des temps nouveaux comme d'un point de repère, comme d'un fil conducteur ? Possible, également, que le lien n'existât pas : après tout, les exemples étaient légion dans l'histoire où des peuples s'étaient emparés des mêmes noms à des époques différentes sans nécessairement qu'il y eût de corrélation entre eux.

« Eh bien, il me semble... Ah, je ne devrais pas employer ce mot, il n'est pas compatible avec l'esprit scientifique... Disons que mon hypothèse est la suivante : les catastrophes se sont abattues sur l'humanité au cours de ces deux derniers siècles sur un mode apocalyptique, comme si une... entité avait décidé de suivre le Livre à la lettre, de l'appliquer étape par étape.

— Vous avez pourtant soutenu le contraire aux Aquariotes au moment des gros orages », objecta Solman.

Le vieil homme se releva péniblement et, appuyé au montant de la remorque, glissa la tête dans l'ouverture de la bâche. Il contempla pendant quelques minutes le paysage qui s'enfuyait dans le sillage du camion puis se laissa à nouveau choir sur un matelas. Le vent avait dressé sa couronne de cheveux blancs au-dessus de ses oreilles et à l'arrière de son crâne. Il but une gorgée d'eau au goulot de la gourde qu'il gardait en permanence sur lui.

« Un esprit rationnel comme le mien a du mal à s'accommoder des manifestations surnaturelles, dit-il en revissant le bouchon. Il accepte difficilement les dons par exemple, la clairvoyance ou toute autre manifestation parapsychologique, mais, devant l'évidence, il les tolère en se disant que ses connaissances ne lui permettent pas pour l'instant d'accéder à certaines lois. De la même manière qu'on ne pourra jamais, jamais, percer tous les secrets de l'univers. En revanche, s'il trouve une explication raisonnable, ou prétendument raisonnable, à un phénomène, alors il se met en piste comme un chien de chasse, il cherche les pièces manquantes, il essaie de bâtir une théorie, de recomposer l'ensemble du tableau. Dans la bouche des Aquariotes, le mot Apocalypse a des relents gênants de superstition, de frayeurs millénaristes. Mais, imaginons qu'un fou, ou qu'un groupe de fous aient pris le texte de l'Apocalypse comme référence, comme modèle, et les données du problème changent du tout au tout.

— Raïma parlait sans cesse des trompettes des anges de l'Apocalypse, avança Solman. Elle avait fait le rapprochement entre les trois premières sonneries et la Grande Guerre, entre la quatrième sonnerie et l'empoisonnement des eaux, entre l'absinthe et le poison des anguilles[GM].

— Ce n'était chez elle qu'une vision empirique, un mélange de conviction personnelle, d'intuition et de croyances religieuses, mais je pense qu'elle allait dans la bonne direction. »

Kadija avait ramené ses jambes contre sa poitrine, croisé les bras sur ses tibias et posé le menton sur ses genoux. Son regard, à demi occulté par ses cheveux, passait sans cesse de Solman à Ibrahim avec une intensité qui allait en s'accentuant.

« Quel genre... d'entité aurait pu décider une chose pareille ? demanda Solman.

— Un esprit suffisamment imbu de lui-même pour se croire supérieur au reste de l'humanité, répondit Ibrahim. Et doté d'une somme de connaissances phénoménales pour lancer et maîtriser un tel projet. La science avait considérablement progressé avant la Troisième Guerre, et je suis bien placé pour en parler, mais certainement pas au point de se substituer aux pouvoirs divins mentionnés par les textes sacrés. Cela posé, il me semble que la démarche scientifique n'a fait que se caler sur la démarche religieuse. Bien que différentes, les voies aboutissent à un résultat identique : les dogmes religieux et les recherches scientifiques se rejoignent dans l'idée de dégager une élite. Les uns proposent le paradis céleste à leurs fidèles, les autres un paradis terrestre à leurs adeptes. Les deux jouent sur le désir d'immortalité, ou sur le refus du temps, ce qui revient au même. Moi-même j'ai cédé à la tentation de me prolonger en vie avec les correcteurs génétiques. Des esprits éclairés, tel le Christ du Nouveau Testament, ont vainement tenté de dissiper cette terreur fondamentale de la mort. C'était, je pense, le sens symbolique de la résurrection. Mais l'homme refuse obstinément d'être réduit à de la poussière qui retourne à la poussière. Je me demande si l'Éden de la Bible, finalement, n'était pas le Néolithique, cette période où les hommes, tous nomades, vivaient en pleine conscience des cycles et mouraient en transmettant à leurs descendants une terre intacte. Si la peur n'a pas commencé avec la sédentarité, avec les notions de propriété, de territoire, d'héritage. Seul celui qui possède a peur de perdre. »

Épuisé par sa tirade, Ibrahim se laissa aller contre le montant de la remorque après avoir bu une gorgée d'eau.

« Il serait temps que le camion s'arrête, murmura-t-il d'une voix éteinte. Je suis un vieillard maintenant, et, comme cette chère Mahielle, je ne maîtrise plus très bien certaines fonctions physiologiques. »

Il se redressa et ajouta, avec une lueur à la fois malicieuse et provocante dans les yeux :

« Assez d'euphémismes ! Ce que je veux dire, c'est que je ne vais pas tarder à me pisser dessus ! »

Moram dut entendre sa prière puisque, quelques minutes plus tard, le camion s'immobilisa.

Assis sur une couverture dépliée devant le camion, les quatre hommes déjeunaient de morceaux de viande froide, de fruits secs et de galettes de céréales. Si la viande des bœufs des Sheulns gardait pour l'instant son goût originel, les céréales et les fruits troqués lors du dernier grand rassemblement, altérés par l'avènement brutal de l'été, commençaient à tourner à l'aigre. Le thermos de kaoua et la gourde passaient de main en main, de lèvres en lèvres. Wolf avait retiré son passe-montagne. Ibrahim n'avait paru ni surpris ni choqué par l'état de son visage. Pourtant, à la lumière du jour, on distinguait parfaitement les mouvements de ses mâchoires et de ses dents au bas de sa joue rongée.

Adossée cinq ou six pas plus loin à un arbre, Kadija les regardait s'alimenter avec, parfois, un trouble dans le regard que Solman interprétait comme de l'envie. Le soleil dispensait une chaleur agréable, entre vingt et vingt-cinq degrés, et la brise déposait des parfums sucrés, capiteux, qui masquaient l'odeur d'herbe et de terre mouillées. Moram chassait à l'aide d'une branche les énormes abeilles qui rôdaient autour des vivres.

« Jamais vu d'abeille de cette taille ! avait-il marmonné lorsque la première d'entre elles s'était posée sur la couverture.

— Moi non plus, avait renchéri Ibrahim. C'est pourtant bien une abeille, ni un bourdon ni un frelon.

— Peut-être une saloperie de bestiole^{GM}...

— Sans doute, mais on ne connaîtra le degré de toxicité de son venin que lorsqu'elle aura piqué l'un de nous.

— Je ne suis pas volontaire pour être cobaye ! »

L'abeille s'était éloignée craintivement au premier geste du chauffeur, et, bien que revenant sans cesse à la charge, ses congénères s'envolaient dans un bourdonnement apeuré si tôt qu'il agitait la branche dont il s'était muni.

Ils s'étaient arrêtés au pied d'une colline bordée d'un côté par une forêt et dont les flancs d'un vert lumineux se couvraient de taches de couleurs vives. Dans le lointain s'étendait une plaine parsemée de bosquets et traversée de part en part par une rivière dont le miroir sinueux, paisible, donnait l'impression qu'un serpent céleste s'était assoupi sur la terre. Moram ne s'était pas encore posé la question de son franchissement. Hora occupait toutes ses pensées, et, s'il ne regrettait pas d'être parti en compagnie du donneur – pas encore –, il se languissait déjà du sourire et de la chaleur de sa sourcière, de la fougue de ses caresses, du goût de sa bouche, de la douceur de son ventre. Il doutait maintenant de la revoir un jour. Le beau temps ne l'incitait guère à l'optimisme, au contraire même, il décelait des signes de malédiction dans cet été prématuré. S'il n'avait pas craint de passer pour un idiot, il aurait dit que les saisons se présentaient le cul par-dessus la tête, que mère Nature était devenue folle et que, comme toutes les mères perdant la tête, elle s'apprêtait à dévorer ses derniers enfants. Hora lui avait promis qu'ils se rejoindraient dans le monde des âmes si le destin ne voulait pas qu'ils se retrouvent dans le monde des vivants, mais cette perspective, loin de le consoler, ne faisait qu'attiser la brûlure de la séparation.

« Est-ce que je peux... manger avec vous ? »

Les quatre hommes levèrent la tête vers Kadija, qui s'était approchée d'eux sans un bruit. Le son de sa voix avait produit, sur trois d'entre eux au moins, un impact aussi saisissant qu'un coup de tonnerre. La bouche entrouverte, Moram agita mollement sa branche pour égailler d'invisibles abeilles. Solman était également sous le coup de la surprise, mais pour d'autres raisons : ne lui avait-elle pas affirmé, sur le plateau enneigé du Massif central, qu'elle n'adresserait la parole à personne d'autre que lui ? Qu'elle n'avait pas envie de se rapprocher des autres humains ?

« Certainement, dit Ibrahim, le plus prompt à se remettre de son saisissement. Venez... viens t'installer avec nous. »

Il se poussa pour lui faire une petite place sur la couverture. Elle s'assit entre le vieil homme et Solman avec une élégance dans les gestes qui les entraîna tous les quatre à rectifier leur position et à remettre de l'ordre dans leur tenue. Ibrahim lui tendit le panier en osier qui contenait les fruits secs et les galettes de céréales, Moram poussa dans sa direction le récipient en métal renfermant les morceaux de viande. Elle plongea la main dans le panier en osier, l'en ressortit avec une galette de céréales imprégnée de miel et la porta à sa bouche. Elle commença à la grignoter du bout des dents à la manière d'un rongeur, avec une hésitation et une gaucherie qui avaient quelque chose d'enfantin, d'émouvant. Elle mâchait longuement chaque bouchée, pourtant minuscule, arrachée à la galette, les yeux mi-clos, tournés vers l'intérieur, comme concentrée sur chaque étape d'un processus auquel les êtres humains avaient cessé depuis longtemps de prêter attention. Le miel commençait à lui barbouiller les lèvres et le menton, mais sa maladresse ne lui retirait rien de sa grâce, au contraire même, l'emplissait d'un charme indéfinissable, troublant. Les quatre hommes avaient cessé de manger pour l'observer. Moram ne remarquait pas les deux abeilles monstrueuses qui s'étaient aventurées sur la couverture à la faveur d'une trêve qu'elles considéraient probablement comme une invitation tacite au festin. Ils laissèrent Kadija terminer la galette avant de lui proposer la gourde. La moitié de la rasade qu'elle but au goulot reflua par les commissures de sa bouche et dégoulina sur le haut de sa robe.

« Eh, eh, pas si vite ! s'exclama Moram. L'eau est précieuse ! Si les nomades avaient vidé leurs citernes comme des trous sans fond, y a longtemps qu'il n'en resterait plus un seul sur terre ! »

Elle reposa la gourde sur la couverture. Son geste effraya les deux abeilles qui s'envolèrent en bourdonnant de peur et de frustration. Les quatre hommes n'avaient pas besoin de se consulter du regard pour se rendre compte que les mêmes pensées les traversaient au même moment : elle cessait d'être une inconnue, une énigme, une abstraction, une magicienne dans l'esprit de Moram, pour devenir une femme. Par le partage de la nourriture et du langage, elle incarnait ces valeurs ancestrales qu'étaient l'échange, la réciprocité, la reconnaissance, le don, elle descendait parmi eux, elle s'insérait dans la trame de l'humanité. Elle mangea encore deux fruits secs, puis une bouchée de viande, but une gorgée d'eau, toujours avec la même maladresse, mais refusa le thermos de kaoua que lui avança le chauffeur. Puis elle s'essuya les lèvres d'un revers de main et eut un renvoi étouffé qui évoquait le rot d'un nourrisson après la tétée.

« C'était... bon ? » demanda Moram.

Elle les fixa à tour de rôle avec une expression qui hésitait entre satisfaction et tristesse. Katwrinn avait sans doute affronté les mêmes épreuves qu'elle, et Solman prit conscience de l'immense courage qu'il leur avait fallu à toutes les deux pour vivre parmi les hommes. Cette décision avait coûté à l'ancienne mère aquariote une souffrance, un déchirement, qu'elle n'avait jamais réussi à apaiser et qui s'étaient traduits par une lente descente dans la folie.

« Ta sœur était une mère du conseil aquariote, dit soudain Solman en regardant Kadija droit dans les yeux. Katwrinn était son nom de baptême. Et c'est moi qui l'ai tuée.

— Certainement pas ! protesta Moram. C'est toi qui as tiré le coup de feu, mais c'est nous tous qui l'avons condamnée. »

Les yeux de Kadija s'assombrirent légèrement, mais l'aveu ne parut ni l'étonner ni l'affecter.

« Pourquoi ? demanda-t-elle simplement.

— Elle avait fait assassiner les parents de Solman et pas mal d'autres Aquariotes, répondit Moram. Et puis elle avait ordonné une livraison d'eau empoisonnée au peuple slang. Même si ces enc... salopards sautaient sur tous les prétextes pour nous chercher des poux dans la tête, elle avait violé l'Éthique nomade, elle avait dressé les troquants d'armes et les autres peuples contre les Aquariotes.

— Comment savez-vous qu'elle est... qu'elle était ma sœur ? »

Ce fut au tour de Wolf d'intervenir :

« Par déduction. Elle était déjà adulte lorsque les Aquariotes l'ont recueillie. Elle avait la même allure que toi et, comme toi, elle est restée muette pendant quelque temps. Elle parlait d'une fraternité qui avait pour mission de créer un monde nouveau, sans doute sa tribu d'origine. Elle avait des connaissances dans certains domaines, entre autres, celui de la génétique, qui dépassaient largement les compétences des peuples nomades. »

Solman se leva et fit quelques pas pour réactiver la circulation sanguine dans sa jambe gauche. Comme à chaque fois, il eut l'impression que des milliers d'épingles lardaient ses muscles atrophiés.

« Nous n'avons pas su décrypter son mystère, dit-il en réprimant une grimace.

— À quoi ça rime de s'accuser ? gronda Moram. Elle parlait notre langue, bordel ! Elle a bien voulu le garder, son mystère !

— L'Eskato... » murmura Kadija.

Moram abattit la branche sur un coin de la couverture où s'était aventurée une abeille imprudente.

« Si tu cherchais à être piqué, tu ne t'y prendrais pas autrement, fit Ibrahim.

— Ces putains de bestioles ne s'y prendraient pas autrement si elles cherchaient à se faire écrabouiller ! » répliqua le chauffeur.

Lançant un regard sur les environs, il s'aperçut que des centaines d'insectes, dont certains aussi gros que le poing, volaient dans les parages. Il lui sembla également que les taches de couleur s'élargissaient à vue d'œil sur les versants de la colline voisine. Les essences fleuries se faisaient désormais entêtantes, enivrantes.

« Il est grand temps de foutre le camp... »

Il referma le couvercle de la boîte métallique où les morceaux de viande baignaient dans leur graisse à demi fondue.

« L'Eskato... » répéta Kadija.

Elle avait baissé la tête et posé les mains sur son ventre, comme en proie à de violentes douleurs intestinales.

« Quoi, l'Eskato ? » demanda Solman.

Elle ne répondit pas, elle se leva à son tour et, les traits crispés par la souffrance, se mit à courir en direction de la forêt. Les insectes dérangés émirent des bourdonnements agressifs. Elle s'était éloignée avec une telle vivacité qu'aucun des quatre hommes n'avait eu le réflexe de la suivre. Ils la virent disparaître dans la pénombre du couvert.

« Qu'est-ce qui lui prend ? maugréa Moram.

— Vous n'auriez peut-être pas dû lui parler de sa sœur », dit Ibrahim.

V

Solman, Wolf et Moram retrouvèrent Kadija au bout d'une demi-heure de recherches, allongée au pied d'un arbre, livide, le menton et le haut de la robe barbouillés de vomissure. Elle ne réagit pas lorsque Solman se pencha sur elle et lui nettoya le visage à l'aide d'un bout de tissu imbibé d'eau. La forêt bruissait de craquements, de grattements, de cris d'animaux. Les rayons du soleil se pulvérisaient sur les frondaisons et tombaient en poudroiement lumineux sur les fougères et la mousse.

« On devrait foutre le camp, dit Moram en triturant la crosse d'un de ses revolvers. J'aime pas l'ambiance de cette forêt.

— Il a raison, renchérit Wolf. Nous serons plus en sécurité dans le camion.

— Elle n'a pas encore la force de marcher, objecta Solman.

— Y a qu'à la porter jusqu'à la remorque », proposa le chauffeur.

Solman hocha la tête et essuya rapidement les souillures de la robe. Kadija ne bougeait toujours pas, recroquevillée sur elle-même, visiblement choquée, aussi tremblante qu'un faon terrorisé.

Revenus près du camion, Wolf et Moram l'allongèrent sur la couverture que Solman était allé chercher dans la remorque. Bien que Kadija fût d'une légèreté surprenante, le trajet du retour avait mis les deux hommes en nage. Moram retira sa chemise, but une généreuse rasade au goulot de la gourde et s'aspergea le torse de quelques gouttes d'eau. Wolf se contenta d'une petite gorgée qu'il garda un long moment en bouche avant de l'avaler. Ibrahim descendit de la cabine où il s'était enfermé en les attendant et se pencha sur Kadija pour l'examiner.

« Elle présente les symptômes caractéristiques d'une indigestion, dit-il en se relevant. Mais ça ressemble plutôt à une allergie, comme si son organisme ne tolérait aucun élément extérieur.

34

— Les galettes et les fruits commencent à virer au rance, avança Moram. Peut-être qu'elle a tout simplement l'estomac fragile.

— Sûrement pas. Aucun de nous n'est capable de survivre au poison des plantes grimpantes. Ses défenses immunitaires sont incomparablement plus efficaces que les nôtres. Tellement efficaces, d'ailleurs, qu'elles se mettent en action dès qu'elles détectent un corps étranger. »

Ils différèrent le moment du départ jusqu'à ce que Kadija se soit remise de son malaise. Les insectes pullulaient autour d'eux dans un vacarme assourdissant. L'humidité de la terre s'évaporait sous les feux du soleil, les formes lointaines dansaient dans les effluves de chaleur, les fleurs et les bourgeons s'épanouissaient pratiquement à vue d'œil. L'activité fébrile des règnes animal et végétal transformait les alentours en un gigantesque chantier, comme si, débarrassés de l'hégémonie des hommes, insectes et plantes avaient décidé de reconstruire un monde à leur image, à leur échelle. Des millions d'architectes, d'ouvriers, de jardiniers œuvraient sur les flancs de la colline, sur l'herbe de la plaine, dans l'ombre de la forêt, répandaient les semences, fécondaient les sols. La plupart d'entre eux mourraient avant de toucher les dividendes de leur labeur, mais, contrairement aux humains, ils acceptaient d'être les expressions de l'éphémère, les maillons d'une chaîne dont ils ignoraient l'origine et la finalité. De temps à autre, des hardes d'animaux sauvages, sangliers, cerfs, vaches, franchissaient le ruban paresseux de la rivière dans un éclaboussement scintillant, suivies à quelques minutes d'intervalle par leurs prédateurs naturels, chiens et lynx.

Pour Solman, le monde nouveau qui naissait sur les ruines de l'ancien avait toutes les apparences d'un paradis reconstitué. Les hommes n'avaient su préserver celui qu'ils avaient reçu en héritage, aveuglés par leur rage de possession, incapables de se laisser porter par la spirale des cycles. Seul celui qui possède a peur de perdre, avait dit Ibrahim, et les peuples nomades, qui étaient nés pourtant des horreurs de la Troisième Guerre mondiale, n'avaient pas réussi davantage que leurs ancêtres sédentaires à se plier aux lois intangibles du temps. Les pères et les mères des conseils s'étaient servis de l'Éthique nomade comme d'un paravent pour mieux perpétuer les erreurs du passé, pour mieux concourir à l'extinction des derniers représentants de l'humanité. L'eau, les armes, la nourriture, les croyances, ils avaient sauté sur tous les prétextes pour entretenir les divisions et rogner cette cohésion qui, seule, aurait pu leur permettre de lutter contre l'intelligence destructrice. Ils avaient dressé des clôtures, des barrières et des frontières pires encore que celles qui se voient, qui s'affichent, ils s'étaient abrités derrière les nécessités, derrière les compétences.

Étendue sur la couverture, les yeux clos, les mains croisées sur le ventre, Kadija semblait peu à peu se détendre, recouvrer des couleurs.

« Benjamin... atterrira dans deux jours, murmura-t-elle.

— Le jour du rassemblement ? » demanda Solman, assis à son côté.

Elle se redressa sur un coude et lui agrippa le poignet.

« La tribu est partie hier... Nous n'avons plus beaucoup de temps...

— Si au moins on savait combien de kilomètres il nous reste à parcourir ! soupira Moram, appuyé contre l'aile du camion.

— Les... les tribus ont prévu de se rassembler dans la forêt de l'Ile-de-France, dit Kadija.

— L'Ile-de-France ? On doit pas en être très loin, entre cent et cent cinquante bornes, estima le chauffeur. Avec de la chance, on aura assez de gaz pour y arriver. Après, c'est une autre paire de manches. Les rares Aquariotes qui se sont aventurés à l'intérieur de cette putain de forêt n'en sont jamais revenus... »

Moram frémissait déjà à l'idée de s'enfoncer dans le cœur d'une végétation impénétrable et parée par les légendes nomades de tous les maléfices. Les chauffeurs aquariotes préféraient faire un détour de plusieurs dizaines de kilomètre plutôt que de passer à proximité de ces arbres qu'on prétendait intelligents, envoûtants, machiavéliques. Les autres grandes forêts d'Europe avaient aussi leurs légendes, mais, même si pas un nomade n'aurait accepté de s'y hasarder, aucune d'elles ne suscitait une telle épouvante.

« On te demande seulement de nous y conduire, dit Solman. Une fois là-bas, personne ne t'obligera à nous accompagner. »

Moram enfila et boutonna sa chemise avec une nervosité proche de l'exaspération, puis enfonça ses revolvers dans la ceinture de son pantalon.

« J'irai avec toi en enfer s'il le faut, donneur ! Hora veut pas d'un homme qui détale comme un lapin au premier bruit. Et moi non plus j'en veux pas ! »

Franchir la rivière leur coûta beaucoup plus de temps que prévu. Ils durent la longer sur une dizaine de kilomètres pour chercher un passage. Les visions concertées de Solman et de Wolf n'ayant apporté aucune précision, ils s'arrêtaient régulièrement pour sonder l'eau à l'aide d'une branche taillée. Puis, alors qu'ils venaient d'effectuer un large crochet afin de contourner une paroi en à pic, ils repérèrent un endroit où les rives se resserraient, où les roches gris clair affleuraient la surface ondoyante.

Wolf inspecta d'abord le gué à pied. Une fois parvenu de l'autre côté, il agita les bras pour indiquer à Moram qu'il pouvait engager le camion. Par mesure de précaution, le chauffeur se rendit à la remorque pour prier les trois passagers de descendre. Il eut l'impression, en croisant le regard de Kadija, qu'elle avait vieilli d'une dizaine d'années. Il ne s'agissait pas vraiment d'une dégradation physique, mais quelque chose dans l'allure, dans l'expression, la faisait paraître plus marquée, plus âgée. Elle ressemblait à ces enfants qu'on a chargés d'une responsabilité écrasante, aux donneurs, à Solman, à Glenn, à... Hora, même contraste entre l'apparence juvénile et la gravité du regard.

Moram attendit qu'ils aient tous les trois traversé pour démarrer et avancer au ralenti. Il parcourut sans difficulté la moitié du trajet, puis un rocher se déroba sous ses roues et le camion pencha avec une telle soudaineté qu'il dut se raccrocher de toutes ses forces au volant pour ne pas être précipité contre la vitre de la portière. Il rétrograda avant même d'être revenu en place et écrasa de tout son poids la pédale d'accélérateur. Seule la puissance du moteur pouvait maintenant briser la spirale d'inertie. L'eau submergeait déjà l'aile avant droite et une partie du châssis de la citerne. Le hurlement du moteur n'empêcha pas le camion de continuer à se coucher.

« Putain de saloperie, tu vas te bouger ! » fulmina Moram.

Il passa en première, donna de petits coups d'accélérateur, vit, du coin de l'œil, la surface de l'eau se rapprocher dangereusement de la portière. En sueur, il s'appliqua à maîtriser ses nerfs, à se concentrer sur les bruits, sur les vibrations, les plus précieux des indicateurs pour les chauffeurs. Combien de fois avait-il prédit une panne rien qu'en décelant un grincement sous-jacent dans le ronronnement d'un moteur ? Il discerna le crissement aigu de la roue qui tournait à vide dans la vase, puis un choc, à peine perceptible, comprit qu'elle venait de toucher une surface dure, accéléra, progressivement cette fois, en espérant que le moteur ne calerait pas. La moitié de la calandre sous l'eau, le camion avança par secousses, escalada les fragments du rocher brisé, plongea de nouveau sur le côté, puis la roue droite rencontra une pente douce, il recouvra peu à peu son équilibre et, ruisselant, le bas de la caisse maculé de boue, se hissa sur la rive opposée.

« Tu ne te débrouilles pas trop mal avec un volant, dit Wolf après que Moram eut dévalé le marchepied et se fut longuement abreuvé à la gourde qu'il avait arrachée des mains d'Ibrahim.

— Chacun son don, Scorpiote ! J'ai appris à conduire parce que j'étais pas bon à grand-chose d'autre.

— Seuls les fous donnent une hiérarchie aux actes, fit Wolf. Tout est affaire de circonstances. Et tout dépend de la conscience qu'on y met.

— Tu as réussi à... assassiner en toute conscience ? »

Wolf dévisagea le chauffeur avec froideur. Son œil gauche brillait, en haut de sa joue rongée, comme un astre bleu pâle au-dessus d'une terre brûlée.

« Au risque de te décevoir, Moram, la réponse est oui. Et je n'ai qu'un seul regret : Mirgwann. Tous les autres, je les ai tués de mon mieux, en pleine connaissance de cause.

— Quelle différence ça fait entre toi et un satané chien ?

— Aucune. Je n'ai pas la prétention de faire partie des créatures supérieures. Mère Nature a fait de moi un assassin, et, quand elle m'a placé devant la nécessité de tuer, j'ai accompli ses volontés.

— Mère Nature ne t'a jamais placé devant la nécessité d'égorger la mère de ton propre fils !

— Je devrais sans doute dire non. Je l'ai regretté toute ma vie, mais j'avais mon libre arbitre et je l'ai fait.

— Quel libre arbitre, bordel ? Est-ce que la saloperie qui te bouffe la joue t'a laissé ton libre arbitre ? »

Wolf écarta d'un revers de main un insecte qui volait à quelques centimètres de sa tête.

« Il ne m'appartient pas de juger des causes. Nous naissons tous avec certaines particularités génétiques, avec nos outils. Si nous savions chérir nos faiblesses, nous éviterions sans doute bien des erreurs. J'en revendique une seule, mais de taille, celle d'avoir un jour voulu ressembler à l'homme que je ne suis pas. »

D'un bref regard, Moram consulta Solman qui se tenait quelques pas en arrière en compagnie d'Ibrahim et de Kadija.

« Sans doute l'humanité pourrait-elle reprendre cette formule à son compte, dit le vieil homme. Elle a passé son temps à essayer de ressembler à une image qu'elle n'est pas. »

Le crépuscule tomba avec une rapidité qui les prit au dépourvu. Le printemps précoce leur avait déjà fait oublier qu'ils étaient en plein cœur d'une période où les nuits étaient plus longues que les jours. Ibrahim avait rejoint Moram et Wolf dans la cabine du camion, prétendant que les matelas étaient trop douillets pour ses vieux os, qu'il avait besoin de l'inconfort d'un siège pour rester vigilant, pour ne pas glisser dans la mort sans s'en apercevoir. Solman le soupçonnait, en réalité, d'avoir saisi ce prétexte pour les laisser seuls, Kadija et lui, dans la remorque.

« Pourquoi avoir attendu tout ce temps pour nous dire que l'Ile-de-France était le lieu de rassemblement des tribus ? »

La question de Solman la sortit de la léthargie dans laquelle elle se cantonnait depuis qu'ils étaient repartis.

« Je vous l'ai dit dès que j'en ai eu la confirmation...

— Si je comprends bien, nous avons de la chance que les tribus aient choisi l'Ile-de-France. Elles auraient pu décider de se réunir dans une autre partie d'Europe, ou sur un autre continent. »

Elle se redressa et tira sur le bas tire-bouchonné de sa robe.

« La chance, ou le hasard, n'a pas sa place dans l'Eskato. La tribu de l'espace, Benjamin, est celle qui a le plus de chemin à parcourir. Il lui revenait de choisir le lieu du rassemblement. Jusqu'à aujourd'hui, je n'étais pas certaine qu'il tiendrait compte de mes suggestions.

— Pourquoi ?

— L'Eskato ne tolère pas qu'on remette en cause ses enseignements. Le trouble est incompatible avec la pureté du Verbe. »

Solman se rapprocha d'elle jusqu'à ce que leurs visages se frôlent. Il agrippa une barre de renfort du montant de la remorque pour éviter que les cahots ne le projettent sur elle.

« Qui est l'Eskato ? »

Il lui sembla déceler une expression fugitive de terreur dans les yeux de Kadija.

« Je... Les mots sont insuffisants pour décrire le Verbe. L'Eskato vit en moi comme il vit dans chacun des membres des tribus. C'est le gardien de la sainteté, de l'immortalité.

— Il n'est pourtant pas intervenu pour empêcher la mort de Katwrinn... »

Elle se renversa en arrière et resta un petit moment l'arrière du crâne collé au montant métallique. Le haut de sa robe dégageait une vague odeur de bile.

« Elle avait sans doute franchi un point de non-retour, dit-elle d'une voix songeuse, hachée par les vibrations de la remorque. Je suppose que l'Eskato a également le pouvoir de renier ceux qu'il a élus.

— Élus ? Sur quel critère ?

— Je ne sais pas... Je ne sais vraiment pas...

— Ibrahim a parlé d'une forme d'allergie tout à l'heure, mais c'est lui, l'Eskato, qui t'a fait vomir tout ce que tu as mangé, n'est-ce pas ? »

Elle acquiesça d'un clignement des paupières.

« Mes défenses immunitaires se mettent en action dès qu'elles détectent une entropie, un risque de dégradation de l'information, ajouta-t-elle. Pour le Verbe, la transformation des aliments est un mécanisme du temps.

— Et si je t'embrasse, comment réagiront tes défenses immunitaires ? »

Les lèvres de Solman s'écrasèrent sur celles de Kadija avec une telle soudaineté qu'elle n'eut pas le temps de répondre. D'abord tétanisée, elle garda les dents serrées, résistant à la langue qui tentait de forcer l'entrée de sa bouche. Puis, en elle, se déclencha le même processus que face à l'agression de Chak. Il lui fallait éliminer l'intrus qui cherchait à lui ravir son intégrité de Sainte. La puissance de l'Eskato se déploya à travers elle, un mélange d'informations, de détermination et de force qui transformait son corps en une machine précise, implacable, invincible. Il lui suffisait désormais de choisir l'un des nombreux points névralgiques de Solman, les yeux, la gorge, le plexus solaire, le foie, le ventre, les testicules, pour le mettre hors d'état de nuire, définitivement. Elle arma le bras et, dans un premier temps, le frappa au défaut de l'épaule pour l'amener à desserrer l'étreinte. Il marqua le coup d'un gémissement étouffé et d'un léger retrait du buste, mais, contrairement à ce qu'elle avait prévu, il ne céda pas un pouce de terrain et garda les lèvres collées sur les siennes. D'un mouvement circulaire, elle lui assena un deuxième coup sous les côtes. L'expiration prolongée de Solman lui lécha le bas du visage. Comme ces combattants du temps des hommes dont elle gardait quelques images en mémoire, il se laissa tomber sur elle et appuya de tout son poids sur ses bras pour restreindre sa liberté de mouvements. Elle se débattit pour lui échapper, envahie par un début de colère qui ressemblait étrangement à de l'affolement, à de l'impuissance. Le Verbe se troublait, ses informations se brouillaient, sa détermination s'étiolait. Les sensations ineffables qu'elle avait découvertes sur l'herbe humide de la colline venaient de temps à autre flotter à la surface de son esprit. Elle tenta encore de marteler le dos de Solman, mais ses muscles ne lui obéissaient plus, ou de manière parcimonieuse, comme s'ils n'étaient plus que les lointains réceptacles d'une volonté défaillante. Elle n'avait pas ressenti ce genre de faiblesse devant Chak parce qu'elle n'avait jamais désiré être caressée par les mains et le souffle du chauffeur. Solman réveillait le chant d'une autre vie, antérieure à l'Eskato, d'une vie dont l'aspect éphémère donnait du prix aux actes. D'une vie où les Sceaux n'existaient pas, où chaque décision, même si elle conduisait à l'échec, se prenait à l'aune de cette liberté inconcevable que Wolf et Moram avaient appelée « libre arbitre » quelques heures plus tôt.

Un reste de conditionnement poussa Kadija à se tordre comme une furie pour échapper à l'emprise de Solman. Sa robe se retroussa jusqu'à sa poitrine, dénudant ses jambes et son bassin. Elle se rendit compte que des gouttes tièdes sinuaient entre ses seins. Elle perdait de l'eau, elle transpirait, une sensation nouvelle pour elle, pas si désagréable, d'ailleurs, que ne le décrivait l'Eskato. Les mains de Solman, insaisissables, s'égaraient sur ses jambes, sur son ventre, sur sa poitrine, semaient des ondes de chaleur qui se propageaient sur son corps et achevaient de démanteler ses défenses immunitaires. Elle avait l'impression de baigner tout entière dans une moiteur trouble, femelle. Elle n'avait connu que le sec, le stérile, durant son séjour dans la station spatiale – durant toute son existence par conséquent, puisque sa vie consciente avait commencé avec son éveil dans la station de Benjamin – où les capteurs hygrométriques éliminaient impitoyablement de l'atmosphère tout facteur potentiel de dégradation, d'entropie.

Les défenses de l'Eskato changèrent de stratégie et libérèrent des flots d'antigènes. Submergée de dégoût, vidée de ses forces, Kadija s'affaissa de tout son long sur le matelas.

« Laisse-moi... par pitié... par pitié... » balbutia-t-elle.

Solman intensifia ses caresses, lui parcourut la nuque et le dos du bout des lèvres. L'odeur de leurs deux corps emplissait la remorque, une odeur musquée, puissante, envoûtante. À chaque battement de cœur, Kadija percevait les vagues d'antigènes qui déferlaient dans ses veines, dans ses cellules, de plus en plus agressives, de plus en plus violentes. Au dégoût succédait maintenant la douleur, si intense qu'elle en eut le souffle coupé, qu'elle n'eut pas d'autre ressource que de s'enrouler sur elle-même, déchirée en deux, précipitée dans le gouffre qui se creusait entre ses désirs de femme et sa nature de Sainte. Traversée par un sursaut de révolte, elle n'esquissa cependant aucun geste quand Solman acheva de lui retirer sa robe. Les mains et la langue de l'intrus s'insinuaient désormais dans tous les recoins de son corps sans défense, dans sa bouche, dans son cou, sur ses seins, entre ses cuisses, entre ses fesses. Le feu de l'Eskato la dévorait jusqu'au bout des ongles, elle n'était plus qu'une incarnation de souffrance, une porte d'affliction.

« Laisse-moi... »

Solman s'écarta enfin d'elle, et, curieusement, elle le regretta. Elle demeura allongée sur le matelas, refermée sur sa brûlure, tremblante de tous ses membres, incapable de prendre une décision, d'esquisser un mouvement. Elle discerna des froissements, tourna légèrement la tête, s'aperçut que Solman se dévêtait à son tour. Il était encore temps pour elle de se soumettre à la volonté du Verbe, d'éloigner le spectre de la souffrance, de la mort. La lumière empourprée du crépuscule tombait des interstices de la bâche et teintait de sang l'intérieur de la remorque.

VI

« Va falloir s'arrêter, dit Moram. Y a encore des flaques de boue sur cette foutue piste, et la lumière des phares n'est pas très fiable. Et puis, on a encore toute la journée de demain pour arriver en Ile-de-France.

— On ne sait pas combien de temps nous prendra la traversée de la forêt, fit Wolf.

— Ouais, mais, moi, je suis pas un putain de Scorpiote, je vois pas la nuit, et on ne sera pas plus avancés si j'enlise le camion. À mon avis, il nous reste moins de cent bornes à faire. Si on part demain matin au petit jour, on y sera sans doute avant le zénith.

— Que dit la jauge de gaz?

— Elle dit rien qui vaille. La veilleuse d'alerte s'est allumée déjà depuis un bon moment. »

Quelques instants plus tôt, Wolf avait proposé à Ibrahim, dont la tête dodelinait sur la poitrine, de s'allonger sur la couchette. Le vieil homme, pourtant aidé par le Scorpiote, avait rencontré les pires difficultés à escalader le dossier de la banquette et à se glisser dans l'étroit espace fermé par le rideau.

Les faisceaux des phares se perdaient sur une plaine désolée. L'herbe rase se parsemait de mares scintillantes qui capturaient des fragments de ciel étoilé. Les rares reliefs, collines aux sommets arasés, maigres bosquets, monticules de pierres, se dressaient de temps à autre dans la lumière comme des apparitions somnambuliques.

« On gagnerait presque du temps à abandonner le camion et à marcher toute la nuit, murmura le Scorpiote.

— Tu oublies que Solman a une jambe torse, que Kadija est à moitié malade et qu'Ibrahim n'a plus vingt ans, ni même cent vingt.

— Je ne l'oublie pas, mais dans certaines circonstances, il faut savoir dominer la douleur.

— C'est le genre de truc que tu aurais pu apprendre à ton fils si t'avais pas joué les fantômes pendant dix-sept ou dix-huit ans... »

Wolf tourna la tête en direction du chauffeur, la lèvre supérieure retroussée en un rictus qui, en bas de sa joue gauche, dévoilait toute sa dentition et le faisait ressembler à un chien.

« Tu ne peux pas t'empêcher de juger, hein ?

— Je ne peux pas m'empêcher de penser au bonheur que j'aurais eu, enfant, si mon père s'était trouvé à mes côtés.

— Ta vie n'a pas force de loi. Il est certaines circonstances où l'absence est préférable à la présence, le silence préférable au bruit.

— Et, euh, t'as jamais eu envie de...

— Chaque minute ! Chaque seconde ! »

Moram n'osa pas regarder son interlocuteur en face, mais il lui sembla déceler le scintillement caractéristique des larmes dans ses yeux mi-clos. Il aperçut, dans le lointain, les reliefs d'une ville de l'ancien temps, les lignes brisées de bâtiments ensevelis sous les feuilles luisantes des plantes grimpantes. Il n'avait jamais aimé rouler sur la piste du Centre, pas plus que les autres chauffeurs aquariotes, qui, pour des raisons indéterminées – peut-être des actes de pillage des bandes qui avaient autrefois refusé l'Éthique nomade ? –, préféraient tous emprunter les piste de l'Ouest ou de l'Est.

« Je craignais de perdre ma vigilance si je révélais mon existence à Solman, poursuivit Wolf. Le manque me tenait en éveil, comme la faim, comme la soif. Les pères et les mères du conseil auraient exploité le moindre de mes relâchements pour m'éliminer. Mort, je n'aurais été d'aucune utilité à Solman.

— Tu disais tout à l'heure qu'il ne faut rien regretter. Mais, des regrets, on n'en a pas à voir grandir son fils sans jamais pouvoir lui parler ? Sans jamais pouvoir le serrer contre soi ? L'embrasser ?

— Des regrets, non, de la souffrance, oui. Je suppose que tu ne regrettes pas d'avoir quitté Hora, parce que cela devait être accompli, mais que tu en souffres... »

Ce fut au tour de Moram d'avoir les larmes aux yeux. La séparation d'avec Hora le rongeait avec une virulence qui allait en s'amplifiant au fur et à mesure que s'allongeaient les distances. La petite sourcière grandissait à l'intérieur de lui, prenait entièrement possession de son grand corps, habitait chacune de ses paroles, chacun de ses gestes. Il avait faim et soif d'elle, de sa peau, de son odeur, de sa voix, mais aucune nourriture, aucune pensée, aucune larme, ne pouvait combler le manque. Il lui restait à souffrir en silence, comme Wolf, à errer au cœur du vide qui se creusait en lui, qui étouffait toute source de chaleur. Toutefois, il ne regrettait pas d'être tombé dans le piège qu'il s'était juré d'éviter. Les relations strictement sexuelles avec les autres femmes – avec les femmes des autres – s'assimilaient à des trocs sordides, à des marchandages qui les avaient spoliés, ses maîtresses et lui-même. Il acceptait maintenant les risques qu'il y avait à se frotter à l'amour, à ce brasier qui pouvait vous embraser aussi bien que vous calciner et vous réduire en cendres.

« Va bientôt falloir qu'on se pose, dit-il, les mâchoires serrées. J'ai les yeux qui fatiguent.

— Roule encore un peu. Le moment n'est pas tout à fait venu de s'arrêter. »

Moram s'interrogea sur la signification réelle de cette phrase, mais renonça à soutirer une explication au Scorpiote. Il se concentra sur la conduite, sur le ronronnement du moteur, sur les grincements des amortisseurs, sur les faisceaux des phares qui éclaboussaient les mares tapies dans les herbes.

Les gouttes de sueur qui lui tombaient dans les yeux réduisaient encore la visibilité de Solman, assis contre un montant métallique. Il ne distinguait plus la forme grise de Kadija. Elle avait retrouvé son ardeur belliqueuse après avoir paru capituler. Elle l'avait frappé au ventre, puis au cou, avec une puissance et une précision qui l'avaient contraint à battre en retraite. Pendant quelques instants, l'air avait peiné à se frayer un passage dans sa gorge, et il avait cru qu'elle lui avait broyé le larynx. Quant à sa douleur au ventre, elle s'était étendue à l'ensemble de son corps, elle avait réveillé les élancements familiers à sa jambe gauche et soufflé brutalement son désir.

Il se demanda une nouvelle fois si les ponts n'étaient pas définitivement coupés entre Kadija et lui, entre les Saints et les hommes. Elle pouvait le tuer désormais, avec la même facilité qu'elle avait blessé Chak. Il n'était pas de taille à lui résister, à contrer la puissance qui s'exprimait à travers elle et dont il captait le chant monocorde. Il avait commis l'erreur d'insister quand il aurait fallu lui donner le temps de souffler, de désamorcer ses défenses, mais son propre désir l'avait débordé, l'avait entraîné à précipiter les choses. Il l'entendait de temps à autre pousser un gémissement sourd, prolongé, déchirant. Ils se tenaient à trois pas l'un de l'autre, mais un abîme les séparait, aux dimensions du vide spatial. L'Eskato avait creusé entre les siens et les hommes des gouffres infranchissables, les mêmes sans doute dans lesquels avait sombré Katwrinn. Kadija n'était pas une femme non plus, elle ne pouvait pas s'ouvrir à l'amour, elle avait, comme sa sœur, hérité la sécheresse de cœur et de corps, elle n'avait pas sa place parmi les hommes, les hommes n'avaient pas leur place parmi les Saints...

Solman ferma les yeux et dériva sur le cours de ses pensées sans chercher un seul instant à contacter la vision. Le bruit du moteur, les vibrations de la remorque, ses propres battements de cœur s'estompèrent. Il perdit toute notion d'espace et de temps, se réduisit à un souffle, à un fil, se piqua dans la trame humaine sur le point de s'effilocher, de se disperser dans le vide. Elle survivait à l'intérieur de lui, pourtant, comme elle survivait dans l'esprit et le cœur de Wolf, de Moram, d'Ibrahim, des Aquariotes restés dans les ruines de Tours, de tous ces hommes et femmes qui avaient échappé aux fléaux lancés par l'intelligence destructrice. Comme elle survivait dans la mémoire de Kadija. Il suffisait d'un rien pour la reconstituer, pour la consolider, pour lui redonner cette cohérence et cette épaisseur qui avaient permis aux hommes de traverser les siè-cles, de surmonter les guerres, les famines, les catastrophes, les maladies. D'un rien qui renverrait les Saints de l'Eskato à leur condition première. Le doute n'était plus permis désormais, les Saints continuaient d'appartenir à cette trame qu'ils avaient résolu de déchirer, et, tant qu'ils ne l'auraient pas réparée, ils accéléreraient la course de ce temps qu'ils prétendaient arrêter, ils précipiteraient le refroidissement de ce feu originel dont ils se croyaient les éclats privilégiés. Ne voyaient-ils pas qu'en reniant les êtres humains et les autres créatures vivantes, ils se condamnaient eux-mêmes à la division, à l'anéantissement ? Le Jésus du Nouveau Testament n'avait-il pas déclaré : « Ce que vous faites au plus petit d'entre vous, c'est à Moi que vous le faites ? » Il ne s'agissait pas d'un Moi omnipotent et vengeur, mais d'un Moi qui renfermait tous les souffles humains, tous les fils de la trame.

« Solman... »

Il revint à l'obscurité de la remorque, au grondement du moteur, aux cahots, aux vibrations métalliques, aux élance-ments de sa jambe gauche, à la douleur à sa gorge. Ses joues étaient baignées de larmes. Il ne pleurait pas sur lui, mais sur cette terrible méprise de l'humanité, sur ces vies sacrifiées au nom d'une grandeur illusoire.

« Solman... Est-ce que... ça va ? »

Il essaya de repérer Kadija au son de sa voix, mais la densité des ténèbres et l'abondance de ses larmes l'empêchèrent de la localiser.

« Tu m'as démoli la gorge et le ventre, mais je suis toujours vivant.

— Je veux qu'on essaie encore... »

Il se rendit compte qu'elle se tenait tout près de lui, immo-bile, attentive, agenouillée au centre de la remorque.

« Qu'est-ce que ça changera ? marmonna-t-il.

— Je ne sais pas, mais je... j'en ai envie.

— L'Eskato n'a donc pas tué tout désir en toi? »

Elle se rapprocha de lui et lui posa les mains sur les épaules. Il respira son odeur, une odeur forte, grisante, de femme. Des tremblements l'assaillirent, identiques à ceux qui l'avaient agité la première fois que Raïma s'était offerte à lui dans la remorque des rouleaux de tissu.

« Si je te le demande, arrête-toi, murmura Kadija. Le temps que mes défenses se relâchent. C'est moi qui décide, d'accord? »

Elle leva la main et lui effleura les cheveux. Il lui abandonna, comme elle le lui avait demandé, toute initiative, n'esquissa aucun geste quand ses lèvres partirent en reconnaissance de son visage, jouèrent un long moment avec son front, avec ses yeux, avec ses joues. Il percevait chacune de ses crispations, chacun des flots d'antigènes qui la secouaient avec la puissance d'une décharge de batterie. Il s'appliqua à endiguer le désir qui montait en lui, se retrouva quelques mois en arrière, dans la remorque des tissus, caressé par Raïma et réduit à l'immobilité par la présence du solbot. Le plaisir et la mort, ces ennemis indissociables, étaient à nouveau au rendez-vous. Il sentait parfois s'éloigner le souffle brûlant de Kadija, repoussait l'impulsion qui lui commandait de l'enlacer et de la maintenir plaquée contre lui.

Elle l'embrassa, avec retenue d'abord, puis avec fougue, et le goût de sa bouche était si frais, si délicieux qu'il faillit la rattraper par la nuque lorsqu'elle se jeta en arrière en poussant un hurlement. Dix fois elle interrompit leur baiser, en proie à une tension intérieure dont l'intensité électrisait la nuit; dix fois elle revint à la charge, tremblante, inondée de sueur, s'efforçant à chaque tentative de reculer ses limites, d'enfoncer ses défenses.

Elle prit la main de Solman et la posa sur sa poitrine. Il resta interdit dans un premier temps, puis il entreprit de lui caresser un sein, avec lenteur, en douceur, attentif à ses réactions, à ses soupirs. Il devança la crise cette fois-ci, retira sa main juste avant qu'elle s'affaisse sur le matelas, attendit patiemment qu'elle se relève, revienne vers lui, l'embrasse, lui prenne la main, la pose sur sa poitrine...

Ils progressèrent avec une lenteur qui exaspérait le désir de Solman mais qui, en même temps, l'exaltait, le magnifiait. Raïma avait tenté de lui enseigner les vertus de l'attente devant le solbot. Le meilleur des hommages à lui rendre, c'était maintenant d'appliquer la leçon, de retarder jusqu'à l'insupportable le déploiement du plaisir. Il lui semblait que les manifestations de rejet de Kadija s'espaçaient, comme si, à chaque fois qu'elle franchissait une étape, l'Eskato perdait de son influence, de son pouvoir.

Vint le temps où elle osa prendre le sexe de Solman dans sa main. Elle ne le lâcha pas quand la vague d'antigènes déferla dans son corps et se retira en la laissant dans un état de légère hébétude. Ses défenses s'abaissaient l'une après l'autre, battues par les flots du désir.

Vint le temps où elle osa se pencher entre les cuisses de Solman pour cueillir son sexe dans sa bouche, où ses mâchoires s'endolorirent, où elle fut traversée par une envie, qui s'évanouit aussitôt qu'elle se manifesta, de trancher avec les dents cette chair encombrante et dure.

Vint le temps où elle osa s'allonger, les jambes écartées, pour mieux favoriser les insinuations de la langue de Solman dans les replis de sa vulve, où ses frissons de répulsion s'achevèrent en frémissements de volupté. Vint le temps où elle s'ouvrit entièrement, sans retenue, comme si sa mémoire de femme ne lui avait jamais été confisquée. Elle s'emplit tout entière d'un dégoût mêlé de bien-être quand le sexe de Solman, allongé sur elle, s'enfonça en elle et brisa délicatement son hymen. Vint le temps où il alla et vint en elle, où ses mouvements lents, impérieux, lui arrachèrent des larmes, des gémissements, où la jouissance et la douleur s'imbriquèrent d'une façon telle qu'il lui fut impossible de les différencier.

Vint le temps où le plaisir l'emporta sur la souffrance, où ses défenses, vaincues, l'abandonnèrent à sa nouvelle vie. Le Verbe l'avait répudiée, mais le chant de son corps, même s'il était éphémère, parce qu'il était éphémère, lui parut infiniment plus beau, plus juste, que le chœur des cent quarante quatre mille Saints de l'Eskato.

Le jour se glissait par les nombreuses ouvertures de la bâche. Les trilles des oiseaux s'envolaient avec gaieté dans le silence inhabituel qui entourait la remorque. Le camion s'était sans doute arrêté à la tombée de la nuit. Solman se redressa, se dirigea à quatre pattes vers ses vêtements, enfila rapidement son pantalon et fit coulisser le verrou du hayon de la remorque. Il eut l'impression, en le poussant, d'ouvrir une boîte où était enfermée toute l'odeur de sexe et de sueur de la terre. Il enveloppa Kadija d'un regard tendre avant de sortir.

Le camion se dressait au milieu d'une vaste plaine qui ondulait sous les frôlements de la brise matinale. Le soleil ne s'était pas encore levé, des étoiles de traîne s'éteignaient dans un ciel qui hésitait entre le bleu et le mauve. Quelques insectes, grosses abeilles, coléoptères aux reflets jaunes ou verts, butinaient les coquelicots qui s'épanouissaient en taches de sang sur les lits d'herbes. Un vol d'oiseaux s'évanouit dans un froissement.

L'air tiède réveilla sur la peau de Solman les frémissements latents abandonnés par les mains et les lèvres de Kadija. Il gardait, de leur affrontement nocturne, des marques d'ongles, de dents, ainsi que des traces douloureuses à la gorge et au ventre. Étourdi par la fatigue et le manque de sommeil, il prit une longue inspiration pour reprendre possession de son corps. L'afflux d'oxygène raviva les élancements à sa jambe gauche, et c'est en boitant bas qu'il se dirigea vers l'avant du camion, escalada le marchepied et, la main collée sur la vitre, jeta un coup d'œil à l'intérieur de la cabine. Moram dormait, la bouche entrouverte, la nuque renversée sur le dossier du siège conducteur.

Des crissements de pas le firent tressaillir. Il se retourna, découvrit Wolf en bas du marchepied, la chemise entrouverte sur un torse d'une blancheur insolite, le fusil d'assaut coincé entre le coude et la hanche.

« Je ne t'ai pas entendu approcher...

— Mes manies de fantôme, dit Wolf avec un sourire. Je mettrai sans doute du temps à m'en débarrasser.

— Vous avez roulé toute la nuit ?

— Moram est comme les gosses : il n'aime pas l'obscurité.

— À combien sommes nous de l'Ile-de-France ? »

Wolf glissa la bretelle de son fusil sur son épaule et, du plat de la main, lissa la partie de sa chevelure épargnée par sa maladie.

« Je dirais entre soixante et cent kilomètres. Difficile de savoir exactement avec les détours de la piste. Et le compteur kilométrique du camion ne me paraît pas fiable. »

Wolf dégagea une petite gourde de peau des replis de sa chemise et la lui tendit.

« Je suppose que tu as soif... »

Solman dévala le marchepied et s'empara de la gourde.

« Tu sais, pour Kadija et moi ? demanda-t-il en dévissant le bouchon.

— Rien de ce qui te concerne ne m'est étranger. La mort était présente dans ma vision, mais, cette fois, c'était à toi de régler le problème, je n'avais pas le droit d'intervenir. »

Solman but une gorgée d'eau.

« Combien de fois es-tu intervenu depuis que je suis né ? »

Wolf haussa les épaules.

« Je n'ai pas tenu de comptabilité. »

Solman contempla l'homme défiguré qui se tenait devant lui et qu'il n'avait pas encore appris à considérer comme un père. Pourtant, à sa manière, Wolf avait été le plus vigilant, le plus présent des pères. Il leur aurait sans doute fallu un peu de temps pour briser le sceau du silence et de la clandestinité, pour apprendre à se comporter comme un père et un fils ordinaires, mais le temps leur manquait, et il ne leur restait que les non-dits, la maladresse, la pudeur.

La portière s'ouvrit et livra passage à un Moram au visage encore chiffonné de sommeil. Il les salua d'un « bordel, je me suis empaffé, putain, il me reste presque plus de kaoua, saloperie de siège, il m'a cassé les reins » qui semblait indiquer que, non, merci, il n'avait pas passé une bonne nuit.

Ils mangèrent sur le pouce au pied du camion, rejoints quelques instants plus tard par Kadija, puis par Ibrahim. Le vieil homme n'était pas au mieux à en croire son allure chancelante, son mutisme et ses yeux éteints. Il refusa l'eau et les fruits secs que lui proposa Moram. Kadija, elle, dévora à peu près tout ce qui lui tomba sous la main, fruits, céréales, morceaux de viande, vida presque entièrement une gourde d'eau, accepta même un peu de kaoua.

Moram remarqua ses cernes, ses lèvres gonflées, la langueur qui estompait l'éclat de son regard, les rougeurs sur le torse de Solman, en conclut que ces deux-là, contrairement à lui, avaient connu une nuit mémorable, les envia, contint ses larmes lorsque l'image de Hora, poignante, vint se superposer à celle de Kadija, remonta dans la cabine avec une précipitation principalement destinée à dissimuler son désarroi.

« Faut repartir maintenant, maugréa-t-il avant de refermer la portière. Il reste un bout de chemin jusqu'à l'Ile-de-France. »

Mais il eut beau tourner la clef de contact, écraser la pédale d'accélérateur, insister, tempêter, le camion refusa de démarrer. Il comprit, à l'odeur doucereuse qui montait des bouches d'aération, qu'ils étaient tombés en panne de gaz.

VII

Munis du strict nécessaire, un sac de toile contenant les vivres et les balles, trois gourdes qu'ils avaient remplies au jerrycan, ils marchaient depuis des heures sur la plaine sans limites. La température continuait de grimper, mais la chaleur restait pour l'instant supportable. Estimant les nuits suffisamment douces pour se passer de couverture, ils avaient emporté avec eux leur manteau ou leur veste qu'ils portaient sur l'épaule, hormis Kadija, vêtue de sa seule robe. Ils disposaient, pour toutes armes, des deux revolvers de Moram, du fusil d'assaut, du poignard et de la réserve de balles de Wolf, Solman ayant laissé son pistolet dans le bunker de Tours.

Des hordes d'animaux surgissaient des ruines ou des rares bosquets pour se lancer au grand galop sur l'étendue d'herbe et martelaient la terre comme une peau de tambour. Les insectes poursuivaient leur œuvre de transformation avec zèle. De temps à autre, Solman et ses compagnons voyaient fondre sur eux des nuées bourdonnantes, dont, pas davantage que les hordes, ils ne savaient si elles présentaient un danger. Ils s'immobilisaient et attendaient, pour reprendre leur marche, que l'essaim se soit dispersé dans la lumière du soleil. D'innombrables mares abandonnées par les tempêtes des jours précédents, tendues sous les herbes, jonchaient la piste reconnaissable à ses accotements hérissés de buissons.

Solman s'efforçait de suivre l'allure. Lorsque l'envie se faisait insistante de s'arrêter, de s'allonger, de détendre enfin cette jambe gauche qui n'était plus qu'une brûlure lancinante, il regardait Ibrahim, qui avançait sans proférer la moindre plainte, les yeux rivés au sol, les épaules tombantes, la foulée menue et rasante. Il observait également Wolf, ne décelait pas l'ombre d'une claudication dans son allure régulière, essayait alors de reprendre empire sur lui-même, d'occulter sa souffrance. Kadija venait parfois lui prendre la main, l'encourager d'un regard, d'un sourire, d'une moue. Il pouvait lire en elle, désormais, aussi clairement que dans une eau de source. Elle conservait encore quelques-uns de ses privilèges de Sainte, une vigueur et une résistance supérieures à celles des hommes, une somme de connaissances inégalable, mais, en forçant le barrage de ses défenses immunitaires, elle avait roulé sur la pente fatale du temps, elle avait franchi la porte qui s'ouvrait sur les cycles. Elle évoluait avec la légèreté de quelqu'un qui vient d'être délivré d'un envoûtement, d'une malédiction. Sa nouvelle vie lui donnait une beauté simple, rayonnante, charnelle. C'était ce chant-là que Solman avait capté en elle la première fois qu'ils s'étaient rencontrés dans le marais du littoral méditerranéen, un chant qui avait franchi les murailles dressées par l'Eskato pour raconter un monde ancien d'amour et de consolation. Le Verbe dont parlait Raïma avait échoué à extirper la mémoire antérieure de ceux qu'ils avait choisis pour Justes. Si, selon les paroles d'Ibrahim, les hommes, ces animaux évolués, gardaient en eux des traces de leur nature primitive, les Saints restaient piqués dans la trame humaine. Aucune évolution ne pouvait s'établir sur le vide. Kadija, l'envoyée de Benjamin, avait parcouru le chemin qui menait aux hommes – à elle-même par conséquent –, mais comment réagiraient ses frères et ses sœurs? Qu'en serait-il de ces douze tribus qui pendant plus d'un siècle, avaient vécu en totale autarcie, terrées dans leurs abris, dans leur immense savoir et dans le mépris souverain d'une humanité qu'ils avaient répudiée, condamnée à l'oubli?

« On s'arrête un peu? » proposa Moram.

Jamais sa voix n'avait paru aussi agréable à Solman.

« Pas de refus », souffla Ibrahim.

Wolf examina brièvement les environs avant de poser le sac de vivres au sol. C'est alors seulement que Solman discerna le léger rictus qui lui déformait la lèvre supérieure et trahissait sa souffrance.

« J'ai pas l'impression qu'on ait progressé des masses, soupira Moram en se laissant tomber dans l'herbe.

— Une quinzaine de kilomètres, à mon avis, précisa Wolf.

— À ce train-là, on ne sera pas en Ile-de-France avant deux jours. Il aurait peut-être mieux valu retourner à Tours pour chercher un nouveau camion. Cette putain de mécanique était plus gourmande que je ne le pensais! Ou alors, il y avait une fuite de gaz... »

Ils burent et grignotèrent en silence, chassant les insectes qui, attirés par les odeurs, pullulaient autour d'eux. Le ciel n'avait pas recouvré son bleu habituel, comme s'il s'était vêtu de teintes nouvelles pour accompagner la métamorphose de la terre. Quelques pas plus loin, la surface d'un étang encerclé par les roseaux brillait comme une nappe d'or en fusion.

« Bizarre qu'on ne voie pas de moustiques, lança Moram. Avec cette chaleur, toute cette flotte...

— Sans doute n'ont-ils pas leur place dans le nouvel ordre terrestre ? fit Ibrahim.

— C'est pourtant pas le genre de bestioles dont on peut se débarrasser comme ça ! objecta le chauffeur en claquant des doigts.

— Il faut croire qu'ils ont trouvé leurs prédateurs naturels. Enfin, quand je dis « naturels », je pense qu'on leur a donné un sérieux coup de pouce.

— Vous voulez dire que... quelqu'un aurait trouvé le moyen d'éliminer ces seringues volantes ? »

D'un pan de sa chemise, Ibrahim essuya avec délicatesse les gouttes de sueur qui lui perlaient sur le front. Les autres transpiraient également, y compris Kadija, dont le haut de la robe était maculé d'auréoles sombres. Assise à côté de Solman, elle scrutait le ciel avec une attention soutenue, s'interrompant régulièrement pour lui lancer un regard à la fois tendre et perplexe. Il lisait en elle de la gratitude et de l'inquiétude. Elle découvrait, comme tous les prisonniers du temps, la peur de perdre ce qui donnait un prix à son existence, la peur de la séparation, la peur de l'oubli. Elle devrait apprendre à renoncer à la tentation du contrôle, de la possession, à s'abandonner à la puissance créatrice de mère Nature, à se fondre dans l'éternité de l'éphémère. Solman l'enlaça par la taille et l'attira contre lui. Encore imprégnée de leurs odeurs, elle l'irradia d'une envie qui chassa sa fatigue et la douleur à sa jambe.

« Les scientifiques de la Troisième Guerre mondiale ont modifié génétiquement les insectes et d'autres espèces, comme les anguilles, pour en faire des armes, dit Ibrahim. Mais, contrairement aux armes traditionnelles, il leur était impossible d'en contrôler la prolifération. Ils ont donc créé un nouvel ordre, l'ordre ^{GM}. Il se peut fort bien que des insectes mutants soient devenus les prédateurs des moustiques. D'autres espèces disparaîtront, d'autres apparaîtront.

— Les hommes semblent faire partie de celles qui sont condamnées à disparaître, gronda Moram.

— D'une part, ce n'est peut-être pas une fatalité, d'autre part, ce n'est peut-être pas une injustice.

— Ouais, mais moi, j'ai une putain d'envie de vivre, et ça me paraît injuste ! »

Moram se retint d'ajouter que Hora la sourcière était l'objet essentiel de sa putain d'envie de vivre, mais il le pensa tellement fort que les autres n'eurent aucun mal à deviner sa pensée.

« Nous sommes des hommes, façonnés par l'instinct de survie, reprit Ibrahim, les sourcils froncés, la face hachée par les rides. Nous n'avons donc pas le recul nécessaire pour considérer notre extinction avec sérénité. Pourtant, le soleil est condamné, cette terre est condamnée, nous sommes condamnés. Que cela se passe demain ou dans cinq millions d'années ne changera strictement rien à l'affaire.

— Ben si! fit Moram. Demain, ça ne me laisserait pas le temps de retrouver la femme que j'aime.

— Nos désirs personnels comptent si peu en regard de l'univers.

— L'univers, pour l'instant, il tourne autour de moi! »

Le chauffeur désigna le ciel d'un mouvement de tête et poursuivit :

« Je sais bien que nous ne sommes que des grains de poussière par rapport à l'immensité de la Création, mais, bordel, c'est sûrement pas ça qui me fait battre le cœur! »

Ibrahim hocha la tête avec un sourire las.

« Les pensées, les désirs individuels ont-ils un quelconque effet sur notre environnement, sur notre univers? Voilà un mystère que nous n'avons jamais éclairci. La physique quantique nous apprend que l'observateur a une influence sur l'objet de son observation. Mais cette règle s'applique au monde des particules, de l'infiniment petit. Nous n'avons pas réussi à prouver qu'elle se rapporte au monde macroscopique.

— Quand on a la tête et le cœur pleins, pas besoin de vouloir prouver quoi que ce soit, grogna Moram.

— C'est peut-être ça, la bonne définition : les esprits et les cœurs vides ont besoin de se remplir pour se donner l'illusion d'exister. Se remplir de lois, de dogmes, de connaissances... »

Wolf rangea les vivres dans le sac de toile, épousseta sa chemise et se leva, donnant le signal du départ.

« Au fait, c'est quoi, votre vrai nom? demanda, avant de déplier sa grande carcasse, Moram au vieil homme.

— Quelle importance? répondit Ibrahim. Qui se souviendra de moi lorsque je serai redevenu poussière? »

Le crépuscule tomba alors que se profilait, dans le lointain, une masse sombre qui était selon toute probabilité la forêt de l'Ile-de-France. Ils continuèrent de marcher jusqu'à ce qu'un voile noir se tende sur les rosaces mauves, or et rouge vif qui embrasaient le ciel. Ils s'arrêtèrent quand l'obscurité, dense malgré le scintillement des étoiles, escamota les étendues d'eau enfouies sous la végétation et rendit leur progression hasardeuse, dangereuse. Il régnait, sur la plaine, un silence profond, presque solennel, que ne parvenaient pas à briser les cris rauques des rapaces nocturnes, les hurlements des chiens sauvages et les coassements des grenouilles. L'impression domi-

nante était celle d'un calme précédant les grands bouleverse-
ments.

Kadija était sans doute la moins fatiguée du petit groupe. Les
traits tirés de Moram, le rictus prononcé de Wolf, les rides
creusées et l'allure voûtée d'Ibrahim révélaient une profonde
lassitude. Solman s'écroula dans l'herbe, retenant à grand-
peine ses larmes d'épuisement.

Cependant, il suivit Kadija sans protester quand, à l'issue
d'un dîner aussi frugal que rapidement expédié, elle le prit par
la main et, sans un mot, l'entraîna vers un étang dont la surface
sombre et lisse luisait en sourdine à la lueur ténue des étoiles.

Wolf envisagea un moment de les suivre, puis il y renonça : il
devait maintenant apprendre à combattre ses réflexes forgés
par dix-huit années de vigilance, à laisser son fils se débrouiller
seul. Sa vision lui montrait que Solman serait bientôt
confronté à une épreuve dont son père serait exclu de la même
façon que les circonstances les avaient tous les deux exclus de
leur relation de sang. Le don était inscrit dans le mot donneur.
Moram et Ibrahim avaient soulevé, quelques heures plus tôt,
cette contradiction apparente entre les désirs individuels et
l'ordre cosmique. Chez les donneurs, les aspirations individuelles étaient sacrifiées sur l'autel de l'intérêt collectif, au
nom de cet ordre cosmique, invisible, dont ils n'étaient que les
serviteurs, les rouages. Wolf avait égorgé la femme qu'il aimait
pour consacrer son existence à la surveillance anonyme de son
fils, comme si l'un n'allait pas sans l'autre, comme s'il avait été
le jouet d'une volonté supérieure et perverse ; Solman serait
bientôt invité à offrir sa vie pour la sauvegarde de l'espèce
humaine. Mais, et Moram avait raison à ce sujet, rien ne pouvait empêcher le cœur de battre, de saigner, et le Scorpiote
souffrirait jusqu'à la fin des blessures incurables physiques et
morales infligées par mère Nature. Il accueillerait la mort
comme une délivrance, comme une bénédiction, mais, avant, il
lui fallait encore se détacher de Solman, trancher le dernier
lien qui le rattachait au monde des hommes. Et la lame aigui-
sée de son poignard n'y suffirait pas.

Kadija retira sa robe, l'étala sur les herbes et s'y allongea.
Solman se dévêtit à son tour, s'étendit à ses côtés et frissonna
malgré la tiédeur de l'air. La densité du silence estompait les
coassements des grenouilles, les froissements d'ailes des
rapaces en chasse, le friselis des herbes, le clapotis de l'eau. Les
essences fleuries masquaient en partie l'âpre odeur de vase qui
montait de l'étang. Comme dans la remorque, Solman abandonna l'initiative à Kadija. Ce fut elle qui vint à lui, qui se pencha sur lui et l'embrassa. Elle ne marqua aucune hésitation
cette fois-ci, elle le caressa et le lécha sur tout le corps sans être

secouée par les crises de rejet. Les yeux clos, il se laissa cajoler, subjugué par son odeur, envoûté par la douceur de ses mains, de ses lèvres, de la pointe de ses seins, de son souffle, de ses cheveux. Comme Raïma, elle avait le pouvoir d'effacer sa fatigue et ses douleurs. Elle l'enduisit de sa sueur et de sa salive avec une attention de chatte sauvage, animée par la volonté de lui insuffler sa vitalité par tous les pores de sa peau. Il ne fut plus bientôt qu'un soc vibrant de désir. Incapable de se contenir plus longtemps, il se rua sur elle avec une fureur animale et l'étreignit avec une telle force qu'ils roulèrent enchevêtrés jusqu'au bord de l'étang. C'est à peine s'il se rendit compte que leurs jambes et leurs bassins basculaient dans l'eau, dans cette eau stagnante empoisonnée par les anguilles ^{GM} qui pouvait exploiter la moindre égratignure pour le tuer.

Il en prit conscience beaucoup plus tard, quand, apaisés, étourdis, essoufflés, ils retournèrent près de leurs vêtements. De ses nombreuses morsures et griffures perlaient des gouttes de sang qui se diluaient en rigoles sombres sur son torse.

« Je n'ai pas été très prudent, murmura-t-il en examinant ses éraflures. L'eau n'avait que l'embarras du choix pour m'empoisonner.

— Tu le regrettes?

— De ne pas avoir été empoisonné?

— D'avoir été imprudent? »

Il l'enlaça par la taille et la maintint pendant quelques secondes contre lui.

« Est-ce qu'on peut regretter d'aimer quelqu'un? dit-il avec un sourire. Est-ce que tu regrettes le choix que tu as fait?

— Je regrette seulement de ne pas l'avoir fait plus tôt.

— Et les autres? Ils sont prêts à te suivre? »

Elle se détacha de lui et haussa les épaules. Des rougeurs et des écorchures marbraient sa peau claire. Le mouvement de ses seins raviva des braises de désir dans le bas-ventre de Solman.

« Je ne sais pas exactement pourquoi Benjamin m'a envoyée vers les hommes. Ni pourquoi il a envoyé cette sœur avant moi. Je ne suis pas certaine que la tribu le sache elle-même.

— Tu n'as vraiment aucun souvenir d'avant ton... réveil dans la station de l'espace?

— C'est comme un programme effacé. Je ne peux pas retrouver les informations précises, mais je garde une vague impression, comme une ombre.

— Pourquoi est-ce que tu m'emmènes au lieu du rassemblement? »

Elle s'assit sur sa robe et joua pendant quelques instants avec les herbes ployées par la brise.

« Il me semble que c'est ce qui doit arriver.

— Qui parle en ce moment ? Toi ? Ta tribu ? Ou... l'Eskato ? »

Elle croisa les bras sur ses jambes et posa le menton sur ses genoux avant de lever sur lui un regard hésitant, presque implorant.

« Le Verbe est tout-puissant. Même si je l'ai trahi, il peut très bien continuer de s'exprimer à travers moi.

— Et te manipuler... »

Elle se releva et glissa les mains sous les cheveux de Solman, de chaque côté de son cou. Sa beauté prenait dans l'obscurité l'aspect attirant et trompeur d'une illusion, d'un piège des apparences.

« Les autres parlaient de libre arbitre hier, murmura-t-elle. Rien ne t'oblige à te rendre au rassemblement.

— Qu'adviendra-t-il des derniers hommes si je n'y vais pas ?

— Je n'ai pas de réponse à cette... Oh, regarde ! »

Elle tendit le bras vers le ciel. Il tourna la tête et aperçut, au-dessus d'eux, des milliers de traînées scintillantes qui enluminaient la nuit comme une pluie de météores. Très proches les unes des autres, elles tombaient à la même allure en respectant les intervalles. L'aspect féerique de ce déploiement de lumière émerveilla Solman. Il lui rappelait certaines nuits d'été dans les massifs montagneux des Carpates ou des Alpes, où les Aquariotes rassemblés dans le campement admiraient le ballet capricieux des étoiles filantes, tellement fugace qu'ils se retiraient dans leurs tentes ou dans leurs voitures en ayant l'impression d'avoir capturé un rêve. Ce soir, il assistait à un ballet qui n'avait rien de fugitif ni de fantasque, mais qui respirait l'ordre, la cohérence, l'intelligence.

« Benjamin », chuchota Kadija.

VIII

« Tu n'as pas dormi ? »

Solman s'était réveillé la tête posée sur le bas-ventre de Kadija, assise en tailleur. Elle l'avait recouvert de sa robe sans changer de position et l'avait veillé toute la nuit. Elle ne paraissait ni fatiguée ni engourdie par la fraîcheur surprenante de la brise matinale. Il ne discerna pas une griffure, pas une rougeur, sur sa peau qui avait recouvré sa blancheur lisse, immaculée. Elle le fixait avec la tendresse attentive d'une mère couvant son enfant.

« Mon corps n'est pas prêt à expérimenter le sommeil », dit-elle.

Les vibrations de sa voix se répercutaient dans son ventre. Il aurait aimé que le temps se suspende à cet instant, qu'il le laisse savourer le plaisir de reposer entre les cuisses de Kadija, de baigner dans son odeur, dans sa respiration, dans son regard.

Le jour se levait en catimini aux confins d'une nuit parsemée d'étoiles agonisantes. La surface de l'étang tirait, entre les tiges frissonnantes des roseaux, un miroir gris, terne, incapable de réfléchir les hésitations d'un ciel égratigné par les lueurs naissantes de l'aube.

« Je t'envie, ajouta Kadija. Tu as l'air d'un enfant quand tu dors. Tu as souvent bougé, tu as même crié.

— Sans doute un mauvais rêve...

— Il me faudra encore du temps pour accéder au monde des rêves. Pour le Verbe, tout doit être conscience.

— Tu ne fais plus partie du Verbe... »

Elle se pencha pour glisser les mains sous la robe et les lui poser sur la poitrine. Les courbes comprimées et émouvantes de ses seins se suspendirent au-dessus de son front. La chaleur de ses paumes le revigora.

« J'aimerais tellement que ce soit vrai, murmura-t-elle d'une voix imprégnée de tristesse. Lève-toi maintenant. Nous devons partir. »

Ils se rhabillèrent en silence, brutalement chassés de cette douceur matinale qui s'évanouissait comme un Éden à peine entrevu, à peine caressé.

Les autres, déjà réveillés, avaient entamé leur repas. Moram les accueillit d'un « y a plus de kaoua, bordel! » qui était une façon toute personnelle de leur souhaiter la bienvenue. Ibrahim paraissait frigorifié dans ses vêtements. Sa tête disparaissait presque entièrement dans le col remonté de sa veste de cuir. Solman lut, dans le regard clair de Wolf, les tourments d'une nuit sans sommeil.

« Vous avez vu ces putains de lumières, hier soir? demanda Moram en leur tendant une gourde. On aurait dit que des milliers d'étoiles filantes s'étaient donné rendez-vous au-dessus de nos têtes !

— Des étoiles filantes ne se seraient jamais présentées en telle quantité et avec une telle cohérence, intervint Ibrahim après s'être éclairci la gorge. Ni même une pluie de météorites. Nous n'avons sûrement pas assisté à un phénomène naturel. »

Solman mâcha quelques bouchées d'une galette au goût rance avant de déclarer :

« Les frères et les sœurs de Benjamin sont arrivés. »

Les trois autres levèrent la tête vers Kadija pour chercher une approbation sur ses traits, dans son regard, mais elle resta lointaine, impassible, comme si cette discussion ne la concernait pas.

« Ce que vous avez vu, poursuivit Solman, ce sont les traces lumineuses des engins chargés de les ramener sur terre.

— Sans doute cette sorte de sarcophage individuel, le même type d'appareil que celui dans lequel j'ai trouvé Kadija, dit Ibrahim. Je n'ai pas eu le temps de l'examiner à fond. Dommage, la conception me paraît intéressante : une arche commune, un... vaisseau spatial, aurait été massive, difficile à manœuvrer, encore plus gourmande en énergie que le camion de Moram !

— C'est vrai ce que racontent les légendes? s'exclama le chauffeur. Que des hommes sont allés un jour sur la Lune ?

— Eh oui ! Les derniers programmes spatiaux, avant la Troisième Guerre mondiale, visaient à envoyer des colonies humaines sur Mars en se servant de la Lune comme base de départ.

— Pourquoi pas de la Terre ?

— La gravité lunaire est moins forte que celle de la Terre. Les engins ont donc besoin de moins d'énergie pour décoller.

— Quel intérêt d'aller sur Mars ?

— Le même, je suppose, que les Européens ont eu à émigrer en Amérique. La conquête de terres nouvelles, les promesses d'une vie nouvelle, de richesses nouvelles... De mon observatoire, j'ai vu des dizaines de fusées traverser le ciel. Elles me paraissaient bien volumineuses pour des engins chargés d'expédier de simples satellites. Mais, à l'époque, la NASA et l'Eurospace, les deux compagnies qui se partageaient le monopole de la recherche spatiale, avaient prétexté la rivalité des deux grands axes et le secret militaire pour décréter le black-out, le silence total, sur leurs travaux. Peut-être qu'un embryon d'humanité est en train de se développer sur Mars, peut-être que l'histoire de l'homme se poursuit sur la planète rouge... »

Ils se mirent en marche avant que le soleil se lève dans un ciel d'un rose flamboyant, presque uniforme. La masse sombre de la forêt se reculait au fur et à mesure qu'ils s'en rapprochaient. La plaine délivrait de fausses informations sur les distances, semblait parfois les raccourcir pour mieux les rallonger l'instant suivant. Ils traversaient de véritables grêles d'insectes de toutes tailles et de toutes formes qui préparaient sans relâche l'avènement du nouvel ordre terrestre. Quelques-uns, dérangés dans leur besogne, fondaient sur eux dans un bourdonnement agressif, puis s'en repartaient au bout de quelques secondes d'un survol menaçant. Les mares s'asséchaient, se réduisaient pour certaines à un fond de vase craquelé sur les bords.

Sa jambe gauche se rappela rapidement au bon souvenir de Solman, mais un bref regard lui apprit qu'il n'était pas le seul dans ce cas. La démarche chancelante d'Ibrahim, le dandinement fourbu de Moram et la légère claudication de Wolf montraient que l'étape de la veille avait laissé des traces dans les organismes. Kadija, dont l'allure ne faiblissait pas, prenait souvent de l'avance sur les quatre hommes et s'arrêtait régulièrement pour les attendre. Elle marchait alors un moment aux côtés de Solman, qui essayait de se caler sur sa foulée aérienne, d'épouser le rythme à la fois soutenu et délié de ses pieds nus, mais elle finissait par le distancer sans s'en apercevoir, le regard tendu vers la forêt, comme attirée par le chant de ses frères et de ses sœurs. Parfois, il relevait la tête et apercevait sa chevelure noire et sa robe grise une cinquantaine de pas devant lui, flottant au-dessus des herbes comme un songe. Il serrait les dents, accélérait le train, dépassait Ibrahim, Moram et Wolf égrenés sur la piste, puis la douleur se coulait dans sa jambe torse comme un serpent venimeux, montait le long de sa colonne vertébrale et l'obligeait à ralentir. Il devait ensuite en appeler à toute sa volonté pour se raccrocher au train de Wolf, le premier à le rattraper. Il aurait aimé, ne fussent-ce que quelques secondes, disposer de deux jambes valides, éprouver cet extraordinaire sentiment de liberté et de légèreté que procure un corps sain.

Le soleil brillait de tous ses feux et déposait une chaleur éprouvante, miroitante, sur la plaine. La forêt de l'Ile-de-France occupait à présent une grande partie de l'horizon, comme une muraille sombre plantée au milieu d'un océan vert. Des scintillements trahissaient la présence d'étangs, de ruisseaux ou de mares au milieu des ondulations. Le ciel avait toujours ces tons mauves qui teintaient la lumière du jour de reflets inhabituels, oniriques.

« Je situe l'orée de cette putain de forêt à environ dix kilomètres, marmonna Moram avant de porter la gourde à ses lèvres. Et vous ? »

Ils n'avaient pas eu besoin de se consulter pour décider d'une pause, gagnés par le même épuisement, par le même découragement. Kadija parcourut encore une bonne centaine de pas avant de se retourner et de se rendre compte qu'ils étaient restés en arrière.

« C'est pas humain de cavaler à cette allure-là sans jamais avoir besoin de souffler, ajouta le chauffeur en la désignant d'un mouvement de menton.

— C'est peut-être nous qui ne sommes plus tout à fait des humains, dit Solman avec un sourire crispé. Wolf et moi avons des tares génétiques, Ibrahim accuse le poids des ans, et, toi, tu es perdu sans ton camion, sans ton kaoua. Si nous étions en accord avec les lois de mère Nature, nous pourrions sans doute marcher pendant des jours sans nous fatiguer.

— Tu penses réellement que Kadija et ceux de sa tribu sont en accord avec mère Nature ?

— Ils utilisent un langage que nous ne connaissons pas, ou que nous avons oublié. Mais, s'ils ont envoyé Katwrinn et Kadija, c'est que quelque chose leur manque. Quelque chose qu'ils n'ont pas, ou qu'ils ont perdu. Nous, nous sommes marqués par les erreurs de nos ancêtres, de notre histoire, eux, ils se sont fourvoyés dans un avenir bloqué, figé.

— L'avenir n'est jamais figé, ou alors, ce serait à désespérer de tout !

— S'ils ne désespéraient pas, Moram, ils n'auraient pas condamné les hommes à l'extinction. Leur volonté d'extermination n'est que l'écho d'une peur immense, inimaginable.

— Putain, qu'est-ce qu'on va foutre au milieu de ces jobards ?

— Leur montrer que la vie est plus forte que la peur, peut-être.

— Ouais, pour l'instant, je serais plutôt de leur côté. Pour ce qui concerne la peur, je veux dire... »

Un martèlement puissant et continu ébranla la poitrine de Solman. Il pensa d'abord que son cœur s'était emballé, s'immobilisa et palpa ses jugulaires. Mais, même plus précipité que d'habitude, son rythme cardiaque n'était en rien responsable de ce grondement sourd qui résonnait dans sa cage thoracique comme un roulement d'orage.

« Solman ? »

Il ferma les yeux, lâcha la main de Kadija, qui avait calqué son allure sur la sienne à l'issue de leur dernière halte, et s'efforça d'oublier les tiraillements de sa jambe pour se concentrer sur la vision. Le martèlement résonnait, dans son silence intérieur, avec une puissance inouïe, difficilement supportable. Il ignora les réflexes de peur qui le poussaient à remonter à la surface, à retrouver la tranquillité apparente de la plaine inondée de lumière. Il considéra le vacarme comme une partie inhérente de lui-même, s'y immergea entièrement, découvrit que le bruit n'était que l'autre face du silence, la rumeur de la Création, une ondulation qui se propageait comme une poignée de fils dans la trame, un mouvement qui prit subitement la forme de milliers de sabots frappant le sol en cadence, un déferlement de masses sombres lancées à pleine vitesse vers le but que leur assignait leur instinct...

Un troupeau de vaches sauvages fonçait dans leur direction, étalé sur une largeur de plusieurs kilomètres. Membres noueux, sculptés par l'effort, flancs arrondis, noirs, blancs, tachetés, luisants, cous massifs, cornes incurvées, plus effilées que des aiguilles de pin, naseaux écumants, pis roses ou pigmentés. Elles avaient déjà parcouru une longue route, mais la cohérence du troupeau, conduit par les grands mâles, compensait les défaillances individuelles. Les attardées, les plus faibles, subissaient les assauts meurtriers des meutes de chiens sauvages et de lynx qui accompagnaient la migration tout en gardant une distance prudente avec le gros du troupeau. Les veaux qui avaient eu la mauvaise fortune de naître avant le départ n'avaient aucune chance d'arriver à destination malgré la protection farouche de leurs mères.

« Des vaches sauvages ! Elles arrivent sur nous. »

Solman sortit de la vision avec une telle précipitation qu'il lui sembla pendant une fraction de seconde flotter entre deux endroits, entre deux moments. Le front de Moram se plissa de désapprobation.

« C'est tout de même pas une poignée de bestiaux à cornes qui vont...

— Elles sont des milliers !

— Une migration massive, dit Wolf. Ça n'arrive pas souvent, tous les vingt ans environ. Elles viennent du sud de l'Europe, de l'Espagne, de l'Italie, de tout le littoral de la Métrée. Elles se rassemblent dans le delta du Rhône et montent toutes ensemble vers les plaines du Nord. Ça leur permet de mieux se défendre contre les prédateurs. Elles laissent les herbages en jachère tout l'été et reviennent avant les grands froids.

— Comment tu sais ça, toi ? grogna Moram. J'ai parcouru toutes les pistes d'Europe, j'ai jamais vu ce genre de truc, ni même n'en ai entendu parler. J'ai plutôt l'impression que c'est un coup de ces tribus de malheur, comme les étoiles filantes d'hier soir... »

Son regard soupçonneux se posa sur Kadija, qui ne lui apporta, pour toute réponse, qu'une indifférence souveraine.

« Je ne crois pas, dit Wolf. Les vaches montent parfois jusque dans les pays baltes. Enfant, j'ai écouté les anciens raconter leur histoire, j'ai assisté à une battue organisée par les tribus scorpiotes.

— Tu veux dire que vous... bouffiez ces saloperies de bêtes ? Cette viande sauvage, infectée ?

— C'est le lot des Scorpiotes que d'être infectés, répondit Wolf avec une pointe d'agressivité. Mais nous ne les mangions pas. Les chasses servaient seulement à les éloigner des campements. Les orages, les mouches, les moustiques peuvent les rendre folles. Quand elles paniquent, elles écrasent tout sur leur passage. En outre, elles attirent les hordes de... »

Il s'interrompit, comme frappé par une évidence, demeura pendant quelques instants en silence, à l'écoute du frissonnement des herbes, des chuchotements de la brise, des bourdonnements des insectes.

« Elles ne sont pas loin. Environ une dizaine de kilomètres.

— Elles non plus n'ont jamais besoin de se reposer ?

— Seulement en fin de journée. Nous ne serons à l'abri que dans la forêt. Si nous ne l'atteignons pas avant elles, elles...

— ... nous réduirons en bouses, c'est ça ? »

La course dilapida rapidement les maigres forces que leur avait redonnées la proximité du danger. L'un après l'autre, ils lançaient des regards en arrière pour essayer de visualiser une menace dont ils ne percevaient pour l'instant qu'une rumeur ténue, un bourdon grave. Les insectes, avertis par leur instinct, s'étaient retirés en abandonnant une plaine figée sur laquelle la brise faiblissante n'avait plus de prise.

Les quatre hommes s'étaient débarrassés de leur veste. Solman avait glissé le Livre de Raïma dans sa tunique et l'avait en partie coincé dans la ceinture de son pantalon. Moram et Wolf portaient à tour de rôle le sac de vivres qu'ils se passaient sans un mot ni un geste superflu. Kadija maintenait sa robe retroussée sur les cuisses afin de ne pas être entravée par l'étoffe. Elle évoluait avec une aisance que lui enviait Solman. Disloqué par chacune de ses foulées, les muscles tétanisés, les yeux voilés de rouge, les poumons brûlés, il évitait de fixer la forêt, de peur d'être découragé par la distance qu'il leur restait à parcourir, gardait les yeux rivés au sol, sur les pointes de ses bottes, qui hantaient son champ de vision comme des apparitions opiniâtres, sans cesse chassées et ramenées par le mouvement de ses jambes, luttait contre la tentation insidieuse, obsédante, de renoncer, s'agrippait à des images, à des souvenirs, à la bouille enfantine de Glenn dans le bunker de Tours, à la face déformée de Raïma, à la moustache de Chak, à la rondeur de Gwenuver, au tic d'Irwan, à la sécheresse de Katwrinn, au sourire de Mirgwann puisé dans la mémoire de Wolf, à tous ces hommes et ces femmes morts ou vivants qui avaient tissé la trame de son existence... Il ne lui appartenait pas de les juger, ni en bien ni en mal, mais de les accueillir, de les aimer, tous sans exception... Tous les souffles enfermés dans le Moi humain... Tous les fils entrecroisés...

Un bruit mat brisa le cours hypnotique de ses pensées. Il n'eut pas le temps de se retourner. Ses jambes se dérobèrent dès qu'il cessa d'être porté par la force dynamique. Il s'écroula dans l'herbe, les yeux brouillés de larmes. Il crut voir Moram et Wolf s'affairer autour du corps inerte d'Ibrahim. Une ombre se déploya au-dessus de lui, et il reconnut sur son front, sur son nez, le souffle tranquille de Kadija. Elle lui retira ses bottes, sa tunique empesée de sueur, posa le Livre dans l'herbe, puis lui glissa le goulot d'une gourde entre les lèvres. Bien que tiède, l'eau apaisa le feu de sa gorge, de ses poumons, de son ventre. Il attendit que se modèrent les battements de son cœur pour se redresser, lutta pendant quelques secondes contre une sensation de nausée, de vertige, se rendit compte que Kadija, accroupie derrière lui, le tenait par les épaules. Il reprit progressivement conscience de la précipitation de son souffle, de la contraction de ses muscles, de la tension de ses nerfs, des rigoles de sueur qui s'insinuaient sur son torse et collaient ses cheveux à son cou. Il songea, avec un brin d'amertume, que mère Nature n'avait pas été très charitable de lui donner un esprit visionnaire dans un corps débile. C'était comme inviter un affamé à un banquet dans le seul but de susciter son envie. Puis, il tourna la tête vers Kadija, lui sourit et se dit qu'il n'était sans doute guère préférable d'avoir un esprit emprisonné dans un corps sain.

Ibrahim n'aurait pas la force de repartir. Son teint cireux, ses cernes profonds, la résignation qui se lisait dans ses yeux ternes indiquaient que la mort s'était déjà étendue sur lui. Moram et Wolf l'avaient compris, qui, agenouillés à ses côtés, avaient cessé de l'encourager à se battre.

« Partez... partez... murmura Ibrahim. Je vous retarde... »

Solman ramassa le Livre, se leva et, toujours soutenu par Kadija, s'avança vers le vieil homme d'une démarche chancelante. Il ressentait une profonde émotion face à ce corps enfin vaincu par les ans. Le lien entre l'humanité de l'ancien temps et les derniers hommes était sur le point de se rompre. Avec Ibrahim, c'était tout un pan de l'histoire qui s'effondrait, qui se précipitait dans l'oubli.

« Ne vous faites pas de souci pour moi... J'ai vécu déjà trop longtemps... Je m'en vais heureux... heureux de vous avoir connus... heureux de quitter ce monde... heureux de découvrir l'autre...

— Ça ne vous intéresse donc pas de savoir ce qu'il y a dans cette p... dans la forêt ? demanda Moram.

— Je crois... je crois l'avoir deviné... Je me trompe peut-être, mais j'emporterai mon hypothèse avec moi... Ce sera à vous de découvrir la vérité... La vérité... Est-ce qu'il y a seulement une vérité ?

— La vérité, c'est nous qui la décidons, fit le chauffeur.

— C'est juste... À vous de décider de votre vérité... Je pars avec mes vérités, avec les erreurs de l'ancien monde... »

Wolf se redressa, comme propulsé par un ressort, et gravit en quelques foulées une petite butte au sommet coiffé de rochers.

« Elles arrivent ! »

Il désignait la vague sombre qui, derrière eux, barrait tout l'horizon. La plaine n'offrait aucune possibilité d'abri, et l'énorme troupeau, lancé à toute allure, aurait fondu sur eux bien avant qu'ils n'atteignent l'orée de la forêt.

Solman refoula une montée de panique, contrôla sa respiration, ferma les yeux, déploya la vision : il perçut le chant de la mort dans son silence intérieur, la mort qui s'emparait d'Ibrahim, la mort qui s'avançait entre les vaches sauvages, la mort qui l'appelait, qui l'attendait.

IX

« J'ai peut-être une solution », dit Wolf.

Comme Solman, il en était arrivé à la conclusion qu'ils n'avaient aucune chance de prendre les vaches de vitesse. Une scène de son enfance lui était revenue en mémoire, et, même si le troupeau qui se présentait était dix ou vingt fois plus imposant que les hordes dispersées par les chasseurs du peuple scorpiote, même si la portée de son fusil, entre un et deux kilomètres, et sa réserve de munitions risquaient d'être insuffisantes, il existait une chance de détourner le flot, minuscule, certes, mais il n'en voyait pas d'autre.

« Solman, Kadija et Moram, prenez les gourdes et foncez le plus vite possible vers la forêt, ajouta-t-il en vérifiant son chargeur. Moi je reste en arrière pour essayer de les dévier.

— Comment ? demanda Moram.

— Pas le temps de vous l'expliquer !

— Tu ne comptes tout de même pas flinguer toutes ces vaches avec ton petit joujou ?

— Il me suffira d'en tuer quelques-unes. Fichez le camp !

— J'ai mes deux revolvers et quelques balles. Je ne sais pas ce que tu mijotes, mais je reste avec toi », protesta Moram.

Wolf le fixa avec un sourire qui donnait à la moitié rongée de son visage l'aspect d'un crâne grimaçant.

« J'ai vu ce que tu valais comme tireur dans le souterrain de la ville fortifiée. Garde tes balles pour une autre occasion Et puis, je te charge de veiller sur Solman.

— Qu'est-ce que tu fais d'Ibrahim ?

— Je pense qu'il ne verra pas d'inconvénient à ce que nous essayions de sauver les vivants. »

Le vieil homme se redressa sur un coude.

« Si je peux, je vous aiderai, Wolf... Donne-moi un de tes revolvers, Moram... Chargé de préférence... »

Le chauffeur lança un regard éperdu à Solman, qui baissa les paupières en signe d'acquiescement, puis tira un revolver de sa ceinture, vérifia le barillet, désamorça le cran de sûreté et tendit l'arme à Ibrahim.

Solman s'avança vers Wolf. La brise avait séché sa sueur, qui ne s'écoulait plus que des poils agglutinés de sa barbe et des mèches détrempées de sa chevelure.

« Tu es sûr que tu...

— Je ferai de mon mieux. Je ne te promets rien. »

Les yeux clairs de Wolf errèrent pendant quelques instants sur le jeune homme au torse décharné qui lui faisait face. Il avait l'impression de se contempler dans un miroir réfléchissant les souvenirs. Il se revit trois décennies plus tôt, même maigreur, mêmes cheveux fous sur un côté du crâne, même embryon de barbe sur la joue droite, mêmes yeux clairs...

Les réflexes forgés par dix-huit années de clandestinité l'empêchèrent de concrétiser un désir tellement lancinant qu'il était devenu une part de lui-même, au même titre que sa maladie, au même titre que ses nuits d'insomnie : le désir d'étreindre son fils, une seule fois, de déverser enfin son trop-plein de tendresse paternelle. Il devina qu'une retenue interdisait également à Solman de se jeter dans ses bras. Le spectre de sa mère égorgée ? Ou simplement le manque d'habitude, la pudeur absurde de ceux que la vie a tenus trop longtemps écartés l'un de l'autre ? Ils pouvaient se rejoindre dans le silence de la vision, là où l'incomparable fluidité de l'esprit abolissait les barrières, les distances, mais pas sur cette terre ni dans ce temps. Sans doute était-ce le châtiment choisi par mère Nature pour les crimes de Wolf.

Solman observa le troupeau qui grossissait à vue d'œil dans les effluves de chaleur.

« C'est donc là que nous nous séparons... »

Le tremblement du sol sous ses pieds n'était pas le seul responsable des vibrations de sa voix.

« On dirait que la vie s'arrange toujours pour nous séparer, murmura Wolf.

— Je voulais te dire... commença Solman.

— Ne dis rien. Les mots ont toujours été inutiles. Partez, et surtout ne vous retournez pas. »

Solman hocha la tête en espérant que Wolf ne remarquerait pas la montée de ses larmes. C'était maintenant, maintenant que l'urgence ne lui en laissait plus le temps, qu'il éprouvait le besoin pressant de rendre hommage à cet homme qui avait terrassé la douleur et le sommeil pour être le gardien féroce de ses nuits. De lui crier qu'il l'aimait, lui, le Scorpiote défiguré par la maladie, le donneur foudroyé, l'assassin de sa mère, le meurtrier du conseil, le fantôme de père... Qu'il emporterait de lui un souvenir pur, magnifique, dans ce monde ou dans un autre... Mais aucun son ne sortait de sa gorge, aucun influx ne réveillait ses muscles, seules les larmes coulaient de ses yeux, silencieuses, intarissables.

« ... te dire... te dire... »

Quelqu'un le tira en arrière. Il parcourut une vingtaine de mètres à reculons, puis, sous la pression insistante de Kadija, il pivota sur lui-même et, sans même s'en apercevoir, abandonnant sa tunique et ses bottes, se mit à courir en direction de la masse sombre de la forêt. Il entendit encore des bribes de la voix de Moram :

« Salut, Scorpiote... Oublie tout ce que j'ai pu raconter sur toi... heureux et fier de t'avoir connu... »

Wolf et Ibrahim marchaient d'un pas rapide en suivant une ligne parallèle à la forêt. Le Scorpiote avait rapidement fait part de ses intentions au vieil homme.

« Oui, ça peut marcher, j'ai déjà vu ce genre de scène dans les vieux westerns, enfin, dans les vieux films de ma jeunesse... »

Wolf n'avait pas perdu de temps à lui demander des explications sur les mots « western » et « film ». Ils avaient décidé de s'avancer le plus possible en direction de l'est afin de se rapprocher du flanc du troupeau et, ainsi, d'élargir l'angle de déviation. Animé par un regain d'énergie, Ibrahim n'avait plus qu'un lointain rapport avec le vieillard agonisant qu'il avait été quelques minutes plus tôt. Wolf avait souvent vu des hommes sur le point de mourir se consumer en un ultime feu, puis tomber d'un seul coup, vidés de toute substance, comme des troncs calcinés de l'intérieur.

Les silhouettes de Solman, Kadija et Moram n'étaient plus que des points décroissants sur l'herbe agitée par le martèlement des sabots. Le grondement enflait de manière vertigineuse, emplissait tout l'espace, résonnait dans leurs cages thoraciques.

Ils parcoururent près d'un kilomètre avant de grimper sur une éminence de terre noire où, étrangement, pas une herbe n'avait daigné pousser.

« Vous croyez que nous serons en sécurité là-dessus ? demanda Ibrahim avec une moue sceptique.

— Sûrement pas, répondit Wolf. Si nous les laissons arriver droit sur nous, il ne restera rien de ce tas de terre. Et rien de nous.

— Bah, un jour ou l'autre, de toute façon, il ne restera rien de nous. »

Ils s'assirent au sommet de la butte et surveillèrent la progression du troupeau, fascinés par la puissance qui se dégageait de cette vague profonde et sombre. La terre semblait se rétrécir sous la poussée d'un horizon soudain compact et furieux. Ibrahim observa le revolver de Moram, qui pendait au bout de son bras comme une excroissance incongrue.

« Il aura fallu que j'atteigne ma cent soixante-quinzième année pour tenir une arme, soupira-t-il. Jusqu'alors, j'ai toujours réussi à me défiler. Que voulez-vous, je n'ai pas l'âme d'un guerrier.

— On peut être un guerrier sans avoir besoin de se servir d'une arme. Et on peut se servir d'une arme sans être un guerrier.

— J'aurais eu votre... détermination, j'aurais pu alerter l'opinion, essayer d'empêcher ce conflit absurde. Mais je suis resté terré dans mon bunker, je me suis condamné à une survie dérisoire, stérile... Vous êtes le père biologique de Solman, n'est-ce pas ? »

Wolf ne répondit pas, mais son changement d'expression, la tension soudaine de ses traits, l'éclat de ses yeux avaient valeur d'acquiescement.

« Moi qui n'ai jamais été père, une autre forme de lâcheté sans doute, j'ai... disons, ressenti toute votre souffrance au moment de votre séparation, reprit le vieil homme. J'ai compris que vous vous battriez jusqu'à votre dernier souffle pour protéger votre fils et j'ai eu honte de mon propre renoncement. Voilà pourquoi je suis à vos côtés. Voilà pourquoi, avant de mourir, je vais me servir de ça ! »

Il brandit le revolver dans un geste de défi.

« La non-violence est parfois la plus pernicieuse, la plus dangereuse des violences, poursuivit-il. Vous avez dit l'autre jour à Moram que vous avez assassiné en toute conscience, parce que cela devait être accompli, et, même s'il y avait une part de provocation dans vos propos, ils m'ont fait prendre conscience de mes propres lacunes. Je me suis réfugié derrière un idéal de non-violence par peur de moi-même. C'était un acte de refus, et non un consentement. Or un acte de refus est par définition une opposition, une tension, une violence. Pourtant, le seul coup de poing que j'ai donné de ma vie, à Marty Van Eyck, ce maudit Australien, m'a délivré de mes démons bien davantage que tout discours sur l'amour du prochain. La guerre a éclaté parce que, moi le premier, nous n'avons pas su être des guerriers. Des soldats de la vie. »

Le roulement assourdissant des sabots l'avait contraint à hurler. Le troupeau n'était encore qu'une masse indistincte, noyée dans les émanations de vapeur nimbées de lumière.

« Combien sont-elles à votre avis ? demanda Ibrahim.

— Plusieurs centaines de milliers, sans doute, cria Wolf. Tenez-vous prêt à tirer en visant le flanc droit du troupeau.

— Je ne suis pas pressé, je n'ai que six balles.

— D'accord. Vous tirerez quand je rechargerai.

— Les paroles sont désormais inutiles, n'est-ce pas ? »

Le Scorpiote eut un sourire dans lequel Ibrahim entrevit toute la détresse et toute la sérénité du monde. Ils se couchèrent tous les deux sur le ventre et pointèrent leurs armes sur la vague qui s'apprêtait à les engloutir.

Solman courait désormais à une allure constante, sans traîner la jambe, comme si son corps ne lui appartenait plus. La fatigue, la peur et la douleur étaient revenues le harceler au bout seulement d'une poignée de minutes, mais, cette fois, il ne les avait pas refusées, il les avait accueillies, explorées, utilisées comme un support de la vision. Elles n'étaient, elles aussi, que des bruits extérieurs, des facettes du présent, des bornes de l'espace et du temps, des trappes ouvertes sur l'éternité. Tout comme le chagrin qui continuait de lui tirer des larmes. Tout comme les trépidations du sol. Tout comme le grondement du troupeau qui se rapprochait à une vitesse effarante. Tout comme le souffle bruyant de Moram et celui, plus discret, de Kadija. Il ne fixait pas la forêt, il ne regardait pas derrière lui, il lui suffisait d'être conscient de ses mouvements, du balancement régulier de ses jambes, de ses bras, du rythme de sa respiration et de son cœur. Il jouissait maintenant de cette légèreté dont il avait toujours rêvé, de ce bonheur inégalable de courir dans le sein de mère Nature, de cet accord parfait entre les intentions et les actes. Il goûtait les frôlements de l'air brûlant sur son torse nu, le ploiement des herbes et la rudesse de la terre sous ses pieds, l'enfoncement d'un coin du Livre dans le pli de son aine, la chaleur des regards étonnés de Kadija.

« Putain, elles arrivent ! » hurla Moram en accélérant le train.

Solman n'eut pas besoin de se retourner pour se rendre compte que l'immense troupeau s'apprêtait à opérer la jonction. Sa vision le transporta au sommet du monticule de terre où étaient couchés Wolf et Ibrahim. Il pouvait presque sentir sur sa nuque et son dos le souffle des mâles des premiers rangs, la pointe de leurs cornes, l'écume de leur bave. Il entendit les claquement secs et caractéristiques de détonations. Le Scorpiote tirait avec calme, une seule balle à la fois, visant le flanc droit du troupeau. Des vaches fauchées en pleine course s'abattaient sur l'herbe et, emportées par leur élan, roulaient encore sur une trentaine de mètres avant de s'immobiliser. Leurs congénères se bousculaient pour les éviter, les piétinaient quand elles ne trouvaient pas d'autre passage, rencontraient un deuxième corps un peu plus loin, puis un autre encore un peu plus loin, commençaient à infléchir leur course vers la gauche de la plaine, entraînaient le reste du troupeau dans leur direction.

Solman vit Wolf recharger et Ibrahim prendre le relais. Le vieil homme ouvrit le feu sans trembler, faisant mouche à chaque coup, grossissant la haie de cadavres, puis, après avoir vidé son barillet, il lâcha le revolver, s'allongea sur le dos et contempla le ciel avec la sérénité de ceux qui ont accompli leur temps. Désormais seul face au mur de cornes, de naseaux, de poitrails et de sabots qui déferlait dans un vacarme étourdissant, Wolf tira sans discontinuer. La chaleur de la crosse s'étendit à sa joue, la brûlure de la détente lui transperça l'index.

Comme pris dans un entonnoir, le troupeau avait modifié sa trajectoire, mais pas suffisamment pour passer au large de la butte de terre. Le roulement ébranlait le sol, empêchait Wolf de tenir fermement son fusil. Alors il se redressa et, poussant un rugissement de fauve, un rugissement de père, il vida son chargeur sur les bêtes les plus proches.

X

« On dirait que... Wolf a réussi ! » hurla Moram.

Les trois fuyards avaient soudain perdu leurs appuis et roulé dans l'herbe. Ils avaient tenté de se relever mais les tremblements du sol, de plus en plus violents, leur avaient interdit la position debout.

Les vaches avaient débouché une centaine de mètres derrière eux dans un tumulte effroyable de meuglements, de raclements, de crépitements. Quelques éléments isolés, les gardiens du troupeau sans doute, étaient passés plus près, mais aucun d'eux ne leur avait prêté attention, si bien que Moram n'avait pas eu à se servir de son revolver. La tête baissée, les vaches ne se souciaient de rien d'autre que d'épouser le rythme de la multitude, de se laisser porter par le courant, de gagner ces pâturages du Nord libérés par le printemps précoce. Une migration qui présentait un grand nombre de périls : hordes de prédateurs, nuées d'oiseaux carnivores, essaims d'insectes^{GM}, crues violentes des fleuves et des rivières, risques d'enlisement dans la boue des plaines... Beaucoup d'entre elles mourraient avant d'atteindre le but, mais c'était le prix à payer pour la régulation des troupeaux et la juste répartition des pâturages.

Le flot s'était écoulé, interminable, tumultueux, lancinant. Les trépidations avaient meurtri le coccyx, la colonne vertébrale et le crâne de Moram, qui n'avait commencé à se détendre que lorsque le troupeau s'était éclairci. Les retardataires s'étaient égrenées en poussant des beuglements de détresse. Perdre le contact avec les autres signifiait une condamnation à brève échéance. Elles cessaient d'être liées par la cohésion de l'ensemble, elles seraient harcelées par les hordes en maraude, par les nuées de corbeaux, par la faim, la soif, les mouches. Pas de trace de prédateurs, ni chiens, ni lynx. Ceux-là s'étaient probablement abattus sur les bêtes tuées par Wolf et Ibrahim, une véritable manne.

Le troupeau s'éloigna en abandonnant sur la plaine une

odeur âpre, un grondement décroissant et un sillage sombre de plusieurs centaines de mètres de largeur. L'herbe mettrait plusieurs semaines à repousser sur la terre piétinée, pelée, saccagée, peut-être moins avec ces jardiniers obstinés qu'étaient les insectes et les vers.

Solman se releva, essaya d'entrevoir la silhouette de Wolf, n'aperçut que des reliefs lointains, minuscules, inertes, répartis le long du bord oblique du sillon. D'ici, on distinguait très nettement l'infléchissement de la trajectoire du troupeau, une courbe assez faible au début, puis de plus en plus ample, et enfin, une fois passé l'obstacle des cadavres, un retour progressif à la ligne droite. La fusillade avait déporté les vaches sur la partie gauche de la plaine sur une distance d'environ cinq cents mètres, un écart suffisant pour épargner l'espace compris entre les trois fugitifs et l'orée de la forêt.

Un grand calme se déploya en Solman, le calme d'après les batailles, le calme des morts. Il ne captait plus le chant de Wolf, et, pourtant, son père continuait de vivre en lui. Peut-être même n'avait-il jamais été aussi vivant, aussi présent. Il n'y avait plus entre eux la pesanteur des corps, des souvenirs, ils se côtoyaient dans les champs infinis de l'esprit.

« Faudrait y aller, fit Moram en époussetant sa chemise. Je crois qu'on est attendus là-dedans... »

Il désignait la forêt dont l'orée parut étonnamment proche à Solman.

« Et même si on l'est pas, reprit le chauffeur, j'ai cru comprendre qu'on cherchait à s'inviter à une sorte de grand rassemblement. On n'a plus de temps à perdre, je suis pressé de rentrer à Tours.

— Tu peux rentrer maintenant si tu veux », dit Solman.

Moram remisa son revolver dans la ceinture de son pantalon. Il transpirait tellement que sa chemise détrempée adhérait à son torse et que les dessins des muscles se découpaient sous le tissu.

« Ton père m'a demandé de veiller sur toi, ne t'avise surtout pas de m'en empêcher.

— C'est seulement pour ça que tu m'accompagnes ?

— Pour être honnête, non. J'ai une putain d'envie de voir à quoi ressemblent les nouveaux locataires... »

Même en marchant d'un pas alerte, atteindre la forêt leur prit encore une heure. Ils s'assirent à l'ombre des grands chênes pour se désaltérer et se restaurer. Moram ne cessait de jeter des coups d'œil inquiets sur la muraille de végétation qu'une brise molle agitait doucement. Les arbres étaient déjà en feuilles, comme sortis de l'hiver depuis trois ou quatre mois. Jamais, Moram ne s'en était approché de si près, y compris dans ses cauchemars, et toutes les terreurs implantées par un siècle de rumeurs resurgissaient du terreau de son esprit comme des plantes vivaces, urticantes. Une petite voix agaçante lui serinait qu'il aurait mieux fait d'accepter la proposition de Solman, de retourner à Tours sans demander son reste. Mais il lui aurait fallu avouer à Hora qu'il avait lâchement abandonné le donneur pour cause de terreurs enfantines, et ça, il n'en aurait pas eu le courage. Le murmure envoûtant des frondaisons résonnait à ses oreilles comme un chant de sorcière, un rituel de magie.

Alors il parla pour tromper ses pensées, il parla pour lui, il parla de lui, du gâchis de son enfance, de son premier volant, de son premier accident, de sa première femme, de ses maîtresses, de son coup de foudre pour Hora la sourcière... Solman et Kadija l'écoutaient en silence, l'encourageant du regard, comprenant qu'il ressentait le besoin d'évacuer ses peurs avant d'affronter la forêt de tous les maléfices. Et puis, la vie de Moram le chauffeur avait autant de beauté qu'une autre, que toutes les autres. Kadija buvait ses paroles avec la même avidité que l'eau quelques instants plus tôt, et Solman devina qu'elle essayait de saisir le fil du chauffeur pour plonger dans le vertige humain, s'orienter dans le labyrinthe de sa mémoire et remonter jusqu'à la trame.

« J'arrête de causer de moi, conclut Moram. On n'est pas encore au bout du chemin... »

Et de nos emmerdements, pensa-t-il.

Les cinq premiers kilomètres, un dédale foisonnant et ténébreux de ronciers, de branches mortes, d'orties, de fougères, de mares, de lierre et d'arbres torturés, représentèrent une épreuve ardue, pénible, un véritable calvaire. Lardés par les épines, piqués par les orties, frappés par les branches basses, happés par les creux bâillant sous l'humus, tenaillés par une odeur nauséabonde de putréfaction, ils progressèrent avec une lenteur désespérante, se battirent comme des démons pour gagner chaque mètre. Kadija participait sans rechigner à cette lutte obscure, permanente, écartant les branches, foulant les orties, lâchant des cris de rage ou de douleur. Les déchirures de sa robe laissaient entrevoir des marques rouge vif sur son dos, ses hanches et ses jambes. Les pieds et le torse de Solman se couvraient de zébrures, d'écorchures. Il captait, dans le silence hostile, une intention délibérée, une volonté sous-jacente de garder les lieux inviolés. Combien de nomades, attirés par le mystère de la forêt, avaient subi ses morsures, ses griffures, ses coups de fouet ? Combien d'entre eux avaient péri, vaincus par ses sortilèges et leurs propres peurs ? Il entrevoyait, sous les amas de feuilles et de mousse, des formes allongées qui ressemblaient à des squelettes.

Étaient-ce les restes d'Helaïnn l'ancienne qui avait confié ses ultimes remords à cette tombe végétale? D'un homme qui s'était lancé à la recherche d'un improbable trésor? D'un enfant traîné hors de portée de son peuple par un chien sauvage?

Des grognements et des craquements résonnèrent non loin et incitèrent Moram à tirer son revolver.

« Si un de ces putains de clébards ose se montrer, j'en fais de la bouillie! » gronda le chauffeur, les nerfs à vif.

Une branche d'épine lui avait lacéré le haut du crâne, d'où s'écoulaient des filets pourpres qui maculaient le col de sa chemise.

« Fais quelque chose, donneur! Ou on va crever là-dedans comme des rats! »

Alors seulement Solman prit conscience que la vision le soutenait depuis le début. La forêt tendait une multitude de pièges, et, sans le don, ils seraient depuis longtemps tombés dans une trappe, ils auraient perdu pied dans les nappes sournoises de vase mouvante, foncé dans les buissons aux épines toxiques ou marché sur les plantes vénéneuses.

« Mettez exactement vos pas dans les miens, ordonna-t-il. Et prends patience, Moram.

— La patience, ça n'a jamais été mon fort! »

Mais Moram se glissa aussitôt dans le sillage de Kadija qui s'était elle-même calée dans les traces de Solman. Les ramures tamisaient les bruits, la lumière du jour exploitait les rares trouées pour tomber en colonnes sales sur les mares croupies, sur les clairières ou les ruines assiégées par les ronces. Peu d'insectes en revanche, comme si les minuscules jardiniers avaient reçu pour consigne d'abandonner la forêt à son chaos, à sa putréfaction, à son atmosphère ensorcelée de légende dormante. Les arbres se resserraient parfois pour dresser de véritables forteresses de troncs et de branches enchevêtrés. À plusieurs reprises, Moram, hors d'haleine, souffrant d'un début de claustrophobie, demanda à Solman s'il savait *vraiment* où il allait. Le donneur ne lui répondit pas, entièrement concentré sur la clef intérieure qui lui ouvrait les portes du dédale. Ils franchissaient les passages les plus difficiles en rampant, en se contorsionnant, en s'arrachant des branches cinglantes qui transformaient peu à peu leurs vêtements en loques. Ils baignaient dans une odeur fétide, pénétrante, que ne chassait pas un souffle d'air.

Ils découvrirent d'autres squelettes où s'accrochaient des vestiges de vêtements et de chaussures, dérangèrent des chiens ou des lynx, dont les formes fuyantes s'évanouirent entre les fougères, traversèrent une clairière jonchée d'arbres couchés et à demi décomposés, plongèrent à nouveau dans le cœur obscur et blessant d'une végétation proliférante, agressive.

« J'en peux plus, gémit Moram. Faut que je m'arrête...

— Encore un effort, dit Solman. Nous sommes bientôt arrivés.

— Arrivés? Où ça, bon Dieu? »

Le chauffeur serra les dents et s'appliqua à suivre le train. Un train de plus en plus rapide. Il se rendit compte soudain qu'arbres, buissons, fougères et orties s'espaçaient, qu'ils pouvaient désormais se tenir debout sans craindre de prendre une branche en pleine figure, qu'ils avançaient presque normalement sur un sol habillé d'une mousse épaisse, que les colonnes de lumière se dressaient autour d'eux comme les piliers d'un temple céleste dont ils apercevaient le plafond d'azur entre les frondaisons. Il inspecta ses vêtements du regard : sa chemise s'en allait en lambeaux et son pantalon s'ornait d'accrocs plus longs qu'une lame de poignard. Le sang collait le tissu à ses plaies. Les deux autres n'étaient pas mieux lotis : la robe de Kadija, fendue en plusieurs endroits, dévoilait une peau étonnamment blanche et lisse – il aurait pourtant juré avoir aperçu des marques et des écorchures quelques instants plus tôt –; le pantalon de cuir de Solman, plus épais, avait mieux résisté, mais son torse nu semblait enserré dans un filet tracé par les égratignures et les traînées de sang.

« Continuez de me suivre », dit Solman.

Moram obtempéra sans poser de questions. Jusqu'alors, il n'avait jamais eu à se plaindre des conseils du donneur. Il s'efforça d'oublier le sombre pressentiment qui le tracassait, mais il n'y avait rien de plus tenace, de plus obsédant, qu'une pensée indésirable : qu'adviendrait-il des derniers nomades quand le seul homme capable de les guider les aurait quittés?

Tout près d'eux, une bulle d'air creva la surface de la mousse et révéla la présence d'une nappe de boue mouvante. Le terrain devenait d'autant plus dangereux qu'il se présentait dorénavant sous un aspect inoffensif, voire plaisant. Une brise légère, agréable, dispersait la puanteur entre les troncs épars des grands chênes dont les branches basses s'entrelaçaient en voûtes apaisantes. Moram crut discerner des ombres furtives dans une allée et désamorça le cran de sûreté de son revolver.

« Y a des satanés chiens dans le coin! grommela-t-il.

— Ça fait un petit moment qu'ils nous suivent, dit Solman. S'ils avaient voulu nous attaquer, ils l'auraient déjà fait depuis longtemps.

— Et tu m'annonces ça comme ça!

— Comment aurais-tu voulu que je te le dise? »

Bonne question. Sans doute le chauffeur aurait-il souhaité

percevoir un minimum d'effroi dans la voix ou dans l'expression du donneur, histoire de se sentir un peu moins seul dans ses peurs, mais la simple décence lui interdisait de fournir ce genre de réponse. La métamorphose de la forêt accentuait son impression d'évoluer dans l'univers des légendes aquariotes. Il s'attendait à tout moment à voir surgir devant lui la Chuine ou la Vanette, les deux sorcières cruelles qui hantaient sa mémoire d'enfant. Les bulles d'air s'épanouissaient à la surface de la mousse et les étranges frémissements du sol lui donnaient la sensation de marcher sur l'eau bouillante d'un gigantesque chaudron. Il n'avait pas assez de ses yeux pour épier toutes les directions à la fois. Il détectait des mouvements alentour, des soupirs musicaux, des odeurs inconnues. Son revolver tremblait au bout de son bras tendu. Tous ces squelettes, tous ces hommes et toutes ces femmes qui avaient trouvé une mort solitaire et sans doute désespérante dans ce ventre du diable, exaspéraient sa tension nerveuse, et sa confiance en Solman ne l'empêchait pas de vérifier la consistance du sol à chacun de ses pas.

Et puis, subitement, ils pénétrèrent dans un autre monde, un monde dont la splendeur arracha au chauffeur un « putain de bordel de merde ! » de saisissement. Les arbres se vêtaient à présent de feuilles étincelantes, comme gorgées de la clarté du soleil. Vertes, bleues, rouges, jaunes, violettes, elles brillaient avec davantage d'éclat que les pierres précieuses et l'or du peuple léote. Elles paraient le jour de reflets rutilants, chatoyants, esquissaient de somptueuses arches de lumière sans cesse modifiées par les caprices de la brise. C'était d'elles, en outre, que provenaient ces soupirs musicaux, ces accords plus ou moins graves qui, tous ensemble, composaient un chœur à l'harmonie envoûtante.

« Le rempart de la Jérusalem nouvelle », murmura Kadija.

Elle s'était immobilisée pour contempler avec ravissement le foisonnement étincelant.

« La... quoi ? releva Moram.

— Jérusalem, répondit Solman. La Cité des Justes. »

Il dégagea précautionneusement le livre de la ceinture de son pantalon et ajouta :

« C'est écrit là-dedans, dans l'Apocalypse de saint Jean.

— Je ne sais pas lire, fit Moram avec un haussement d'épaules. En tout cas, je ne vois pas de rempart ici, juste des putains d'arbres qui brillent comme des torches !

— Il s'agit d'un rempart symbolique. Le Livre parle de jaspe, de saphir, d'émeraude, de topaze et d'autres dont j'ai oublié le nom. Ces feuilles ont la couleur et la brillance des pierres précieuses. Normalement, le rempart devrait comporter douze portes, trois à l'est, trois au nord, trois à l'ouest et trois au sud, chacune gardée par un ange.

— Je vois pas comment on pourrait trouver des portes dans une absence de mur...

— Les portes sont elles aussi symboliques. Cherchons les anges et nous trouverons les portes. »

Un froissement attira leur attention. Kadija retira sa robe et, nue, s'éloigna entre les arbres. Sa peau ne présentait plus une seule trace des morsures de la forêt ni des rougeurs et des griffures de son étreinte avec Solman. Elle avait recouvré sa blancheur immaculée sur laquelle les scintillements des feuilles accrochaient des éclats éphémères. Elle était redevenue la Kadija d'avant, la sœur de Katwrinn errant dans le marais du littoral méditerranéen, la muette à la beauté énigmatique, la Sainte égarée parmi les hommes.

Solman la sonda rapidement mais se heurta à nouveau au mystère de l'Eskato.

« Qu'est-ce qui lui prend ? souffla Moram.

— Elle reste une Sainte, dit le donneur d'une voix sourde. Marquée du Sceau, conditionnée pour être admise dans l'Éden.

— J'ai pourtant cru comprendre que vous... enfin, qu'elle ne crachait pas sur certains bons côtés de l'humanité.

— Elle était coupée de ses frères et de ses sœurs. Ils sont tout près maintenant, elle entend leur chant. Le chant du rassemblement. Du jugement dernier.

— On... tu n'existes plus à ses yeux, alors ? »

Solman se mordit la lèvre inférieure.

« Je ne sais pas. Moi aussi, j'ai cru que... Il lui aurait fallu plus de temps. Il *nous* aurait fallu plus de temps.

— C'est toujours ce putain de temps qui manque ! Qu'est-ce qu'on fait ?

— Suivons-la. Elle nous conduit vers les siens. »

XI

Un ange et une meute de chiens attendaient au centre d'un espace ouvert entre les arbres qui, Moram dut en convenir, évoquait une porte. Plus loin, dans la lumière crue d'une immense clairière, des silhouettes s'affairaient autour de remorques tirées par des véhicules à chenilles. Solman reconnut les mystérieux fossoyeurs qui avaient ramassé les cadavres dans les rues de la petite ville fortifiée. Des hommes sans doute, les serviteurs des Saints au même titre que les anges, les chiens, les insectes, les poissons... Peut-être des Slangs à qui on avait promis un coin de paradis et qu'on éliminerait, une fois leur tâche achevée, comme les autres nomades.

Kadija marchait d'une allure aérienne une trentaine de pas devant Solman et Moram. Sa chevelure noire ondulait doucement sous l'effet de la brise. Pas une seule fois elle ne s'était retournée. Elle semblait aspirée par le cœur de la forêt, à nouveau captive de l'Eskato, oublieuse des émotions humaines qui l'avaient fascinée les jours et les heures précédents. Elle avait parlé d'un programme effacé pour décrire son incapacité à recontacter sa mémoire d'avant son éveil, et c'était exactement l'impression qu'elle donnait, d'avoir oblitéré les quelques semaines passées en compagnie d'Ibrahim et des Aquariotes, son combat contre ses défenses immunitaires, ses relations avec Solman. Il en ressentait de l'amertume, bercé par le sentiment d'avoir été dupé par ses propres élans, par ses propres désirs, trahi par ses manques, manipulé depuis le début. L'intelligence destructrice les avait utilisés, Kadija et lui, comme des pions. Elle avait exploité ses failles, son besoin presque névrotique de reconnaissance affective, de tendresse, de beauté. N'était-ce pas elle qui avait assassiné sa mère à travers Katwrinn et Wolf? Elle qui avait tenté d'éliminer Raïma pour créer le désert autour de lui et mieux le préparer à la rencontre avec Kadija? Car, il s'en rendait compte maintenant, s'il n'avait éprouvé aucune attirance pour Kadija, il ne l'aurait sans doute pas suivie sur son chemin, il serait resté avec les siens, comme l'exigeait son devoir de donneur. Elle avait été l'appât et lui l'animal pris au piège. Il croyait l'avoir rendue à sa nature originelle, il n'avait tenu dans ses bras qu'une humaine provisoire, factice. Sa clairvoyance n'avait aucun pouvoir sur lui, il l'avait vérifié à maintes reprises. Restait maintenant, puisqu'il était au bout de la piste, à savoir ce qu'il trouverait à l'intérieur de la nasse.

Ils avaient parcouru plusieurs kilomètres au milieu des arbres brillants. La splendeur de la forêt avait arrondi les yeux de Moram et révélé en filigrane l'enfant qu'il n'avait jamais cessé d'être. Les troncs et les branches s'estompaient sous le chatoiement des feuilles, la lumière du soleil tombait en faisceaux complexes et irisés, la mousse se tapissait de fleurs vives, tellement serrées par endroits qu'elles formaient une mosaïque chamarrée, les buissons s'élevaient entre les allées comme des fontaines crachant des jets de verdure, des papillons aux teintes sombres caressaient l'air de leur vol de velours, la brise entremêlait les harmoniques et les parfums, tantôt acidulés tantôt sucrés. Pour Solman et Moram, qui n'avaient connu que l'âpreté des paysages de l'Europe dévastée par les pollutions nucléaire, chimique et génétique, la monotonie des plaines de l'Est et du Nord, l'austérité parfois meurtrière des massifs montagneux des Carpates, des Alpes et des Pyrénées, les marais insalubres du littoral méditerranéen, les forêts de conifères des côtes de l'Atlantique, cette profusion de teintes éclatantes avait quelque chose du paradis mythique où les pères et les mères du conseil s'étaient promis de conduire un jour les peuples nomades. Elle révélait en tout cas les connaissances et le pouvoir inconcevables de l'intelligence qui l'avait conçue.

Comme sur le versant enneigé du Massif central, l'ange s'agenouilla et baissa la tête devant Kadija. Elle ne lui accorda ni un regard ni un quelconque signe, elle franchit le seuil de la porte et s'avança dans une allée noyée de lumière. Les chiens restèrent immobiles, les yeux rivés sur Solman et Moram, qui leva son revolver à hauteur de la hanche.

« Inutile, chuchota Solman. Je ne pense pas que ce genre d'arme soit très utile dans ces circonstances.

— Et on fait quoi, si ces maudits clébards nous sautent dessus ?

— On s'en remet à mère Nature.

— Cet endroit est magnifique, d'accord, mais mère Nature n'a rien à voir là-dedans ! Ça ressemble plutôt à l'œuvre du diable ! »

Ils se présentèrent devant l'ange, qui les examina avec ce

regard lointain, inexpressif, propre aux serviteurs des Saints. La noirceur de sa chevelure et de ses yeux tranchait sur la blancheur de sa peau et de sa tunique faite d'une pièce d'étoffe drapée qui évoquait le lin. Ses traits étaient identiques à ceux de l'ange qui avait lancé ses légions sur la petite ville fortifiée du Massif central, à ceux de l'ange qui avait déployé sa horde de chiens au sortir du labyrinthe souterrain, comme s'il était un modèle unique décliné en plusieurs exemplaires.

Moram surveilla les chiens du coin de l'œil. Il n'avait absolument pas l'intention de se laisser dévorer comme un agneau ou comme un veau. Son revolver était sans doute une arme dérisoire face à cette horde et à son berger, mais il ne mourrait pas sans combattre. Hora le possédait tout entier désormais. La sourcière avait chassé les sorcières et, pour elle, pour son sourire qui valait mieux que toutes les merveilles de cette forêt, il se devait de représenter dignement les hommes, avec leur instinct de survie qui les changeait en fauves, avec leur éternelle envie de se relever de leurs cendres.

Ni l'ange ni les chiens ne réagirent lorsque les deux hommes s'engagèrent dans l'espace dégagé. Moram discerna pourtant la tension soudaine, les gémissements sourds et les grincements des crocs des molosses. Éblouis par la clarté de l'allée, ils perdirent Kadija de vue et marchèrent pendant quelque temps à l'aveuglette. La lumière semblait jaillir de tous les endroits à la fois, du ciel, du sol, des arbres dont les feuilles et les soupirs musicaux se suspendaient au-dessus de leurs têtes.

Puis leurs yeux s'accoutumèrent à la luminosité, et ils découvrirent une gigantesque esplanade au centre de laquelle se dressait une construction de forme cubique qui resplendissait avec le faste du feu. Des milliers d'appareils métalliques, des tubes lisses aux extrémités ogivales, d'une hauteur d'un mètre et pour une longueur de trois, jonchaient une herbe rase d'un vert qui tirait sur le bronze et entouraient le bâtiment dans un alignement parfait.

« On dirait bien que la pluie d'étoiles filantes est tombée dans le coin, chuchota Moram.

— La tribu de Benjamin, acquiesça Solman. Ils se sont disposés en carré, comme la cité du Livre. Mais Kadija avait parlé du grand rassemblement, et je ne vois pas les onze autres tribus.

— Il n'y a même personne d'autre que nous, renchérit Moram. Et je peux pas vraiment dire que ça me fasse de la peine... »

Kadija traversa les rangs des appareils et se dirigea vers la bâtisse cubique. Ils lui emboîtèrent le pas. Sa douleur à la jambe était revenue visiter Solman, dont le boitement s'accentuait. Pas un seul linéament révélateur d'une porte ou d'un sas n'était visible sur le métal scintillant des tubes. Même s'ils correspondaient à la description qu'avait brossée Ibrahim du « sarcophage » où ses amis et lui avaient trouvé Kadija, ils paraissaient compacts, pleins, incapables de renfermer des passagers.

Drôles d'engins, pensa Moram. Il y avait autant de différence entre les camions aquariotes et ces cercueils volants qu'entre les cromagnons et les nomades. Si les affirmations du donneur prétendant que l'intelligence commandait aux plantes, aux insectes, aux volcans, l'avaient jusqu'à présent laissé sceptique, tous ses doutes étaient balayés désormais. La constatation qu'il avait affaire à une technologie supérieure ne suffisait pas à le rassurer mais, au moins, il ne craignait plus d'être possédé par des êtres surnaturels et emporté dans des mondes de souffrance éternelle.

Kadija s'immobilisa au milieu des appareils les plus proches de la construction dont ils étaient séparés par une distance de vingt pas. Arrivés à sa hauteur, les deux hommes constatèrent qu'elle s'était installée dans un espace vide de l'alignement. Bien qu'elle se fût rendue au rassemblement par une voie détournée, Benjamin lui avait visiblement assigné une place. Pas à elle seule, d'ailleurs, puisque, juste à côté d'elle, un deuxième emplacement libre brisait la continuité de la rangée – la place de Katwrinn ? se demanda Solman. Les yeux rivés sur la bâtisse, les bras collés le long du corps, Kadija s'était statufiée dans une attitude et une expression béatifiques proches de l'hypnose – de la possession, songea Moram. Elle semblait avoir oublié la présence des deux humains, des impurs, qu'elle s'était chargée de conduire dans la demeure des Saints.

Pas davantage que sur les tubes, on ne distinguait d'ouverture sur les murs de la bâtisse, un cube parfait dont chaque arête mesurait approximativement soixante mètres. Son éclat flamboyant, difficilement soutenable, submergeait l'esplanade, se réfléchissait sur les tubes, se prolongeait dans les ramures lointaines, dégageait une chaleur intense qui évoquait dans l'esprit de Moram les incendies d'herbes sèches des plaines de l'Est. Il eut beau l'observer avec attention, il ne put deviner la nature du matériau dont elle était faite. Jamais il n'avait vu du métal ni des pierres briller de la sorte. Elle paraissait construite avec de la lave en fusion, ou encore avec des fragments de soleil.

« Qui peut habiter dans un endroit pareil ? murmura-t-il en la désignant du canon de son revolver. C'est un coup à se cramer les… »

Un formidable fracas couvrit la fin de sa phrase. Il sursauta, croyant que la foudre venait de tomber à ses pieds, rentra la tête dans les épaules, puis, en sueur, les tympans déchirés, les nerfs en pelote, il embrassa le ciel et l'esplanade d'un regard craintif. Il ne distingua aucun des phénomènes habituels accompagnant les orages, ni éclair, ni nuage, ni bourrasque... Il relâcha la pression de son index sur la détente de son arme jusqu'à ce que le percuteur réintègre sa position initiale.

« Je me demande si... notre présence est vraiment indispensable, murmura-t-il.

— Si les chiens nous ont laissés entrer, c'est qu'il y a une raison, dit Solman.

— Sans doute, mais pas forcément une bonne ! Ce coup de tonnerre...

— Un signal, coupa le donneur. Le début du jugement.

— Le jugement de quoi, bon Dieu ? »

Solman brandit le Livre de Raïma, dont la couverture de brindilles commença à s'effriter sous ses doigts.

« Le jugement dernier.

— T'entends ? On dirait des... voix ! »

Un murmure diffus s'amplifiait peu à peu en une rumeur mélodieuse d'où se détachaient des sons qui évoquaient en effet des voix.

« Le cantique des rachetés de la terre », dit Solman.

L'atmosphère d'attente engendrait une tension palpable dans l'air brûlant, immobile. Le flamboiement parait d'or clair la peau et les cheveux de Kadija, qui gardait les yeux obstinément fixés sur la construction. Solman eut l'impression que des chuchotements, des phrases s'entremêlaient à l'intérieur de lui, que les voix indistinctes tentaient de lui signifier quelque chose, de lui attribuer un rôle dans le jugement.

« Ce putain de bruit devient insupportable ! » cria Moram en se bouchant les oreilles.

D'un geste de la main, Solman lui intima l'ordre de se taire, ferma les yeux et entreprit de contacter la vision, de se concentrer sur les sons. Le chœur résonna avec force dans son crâne et dans sa poitrine. La douleur à sa jambe s'aiguisa, se propagea dans ses membres, gonfla dans son ventre. Il chancela, repoussa du bras Moram qui tentait de lui venir en aide, sombra dans les profondeurs de l'être, perdit conscience des limites de son corps, de son moi, s'immergea dans l'éternité du présent. Il reconnut le chant de l'intelligence destructrice qu'il avait perçu en sourdine face au chien dominant de la horde dans le campement des plaines du Nord, qu'il avait décelé dans les accusations des pères slangs lors du grand rassemblement nomade, dans les dénégations de Katwrinn, dans le regard des anges, dans le mutisme de Kadija... Elle l'avait attiré à elle, elle lui destinait une place dans l'ordre nouveau. L'emplacement libre à côté de Kadija n'était pas réservé à Katwrinn, mais... à lui. Et le chant de l'intelligence, qui jusqu'alors lui avait paru monocorde, était une invitation séduisante, un murmure à la beauté envoûtante, un fredonnement de sirène. Il lui promettait l'avènement des temps nouveaux, d'un monde pur d'où seraient bannis la souffrance, les maladies, les désirs, la dégénérescence et la mort, où il cesserait d'être un boiteux, une créature prisonnière de ses sens, où il expérimenterait la liberté et le bonheur ineffables des Justes, de ceux qui avaient vaincu le Serpent, la malédiction originelle. Il lui proposait, à lui le donneur aquariote, à l'homme marqué dans sa chair et dans son âme, de rejoindre le cercle des élus, d'être l'ultime racheté de l'humanité, de se dépouiller des lambeaux de son passé, de boire à la source d'eau vive, de s'étendre sous les branches de l'arbre de vie.

Solman eut une vague sensation de déplacement, crut entendre une voix criarde, angoissée... impure. Une chaleur forte mais agréable montait en lui, chassait ses douleurs et ses peurs. Il ressentait le frémissement extatique des membres de la tribu, des frères et des sœurs de Kadija, il s'imprégnait de la paix de l'espace d'où ils étaient issus, il contemplait, à travers leurs yeux, la Lune baignée de ténèbres, il se promenait dans les coursives et les salles de la station orbitale, il se tenait devant l'immense tableau qui commandait aux satellites et au climat, il flottait avec une légèreté euphorisante dans l'air pur diffusé par les générateurs d'oxygène.

Benjamin lui ouvrait sa mémoire, lui transmettait son histoire, ses connaissances et son trouble. Un doute avait gangrené la douzième tribu perdue dans l'espace, qui s'était manifesté par une interrogation sur ses origines, sur la légitimité du Verbe. En dépit de l'opposition de l'Eskato, elle avait expédié en reconnaissance une première sœur sur cette terre mythique qui devait lui échoir en héritage le jour du jugement dernier. Elle avait compris qu'elle avait commis une erreur lorsque la sœur, livrée à elle-même au milieu des hommes, des impurs, avait perdu le contact tribal, donc ses attributs de Sainte.

« Qu'un seul des cent quarante-quatre mille élus vienne à faillir, proclamait l'Eskato, et il souillera tous les autres, il introduira un virus qui finira par ronger l'ensemble des défenses immunitaires établies par le Sceau. »

Benjamin avait décidé de réparer son erreur en envoyant une deuxième sœur, mieux préparée, à la recherche de la sœur perdue, pour la ramener au lieu du jugement dernier et reconstituer le chiffre initial des douze mille. Afin d'augmenter les chances, la tribu avait contacté un groupe d'hommes dont elle avait intercepté les messages sur les terminaux d'informatique moléculaire, des hommes qui lui avaient semblé... éclairés, différents en tout cas des créatures proches de l'animal que lui désignait sa mémoire. Puis, il s'était rapidement avéré que la première sœur avait disparu, un effacement définitif, une... mort qui allait à l'encontre de toutes les prédictions de l'Eskato. Les doutes de Benjamin avaient creusé une brèche par laquelle s'était engouffrée la malédiction suprême, la flèche du temps.

La seule manière de combler la faille, c'est de trouver un remplaçant à la sœur disparue, avait estimé l'analyse tribale. D'élever un homme à la sainteté. De le marquer du Sceau.

Un homme ? Aucun être humain ne mérite d'être sauvé. Ils ont reçu l'Éden en héritage et l'ont transformé en géhenne, ils souillent tout ce qu'ils touchent...

L'un des hommes éclairés qui ont accueilli la deuxième sœur, peut-être ?

Non, ceux-là sont parvenus au stade ultime de leur évolution.

La deuxième sœur évoque une inexplicable attirance pour un Aquariote, un boiteux, l'un de ceux qu'ils appellent les clairvoyants, les donneurs.

La tribu s'était intéressée à Solman et avait découvert, avec stupéfaction, que, s'il n'avait pas été conçu physiquement par la sœur disparue – les défenses du Verbe interdisaient la procréation aux marqués du Sceau –, il était né de ses œuvres, de ses intrigues, comme si elle avait cherché à forger un nouveau maillon de la chaîne qui s'était brisé avec elle.

L'Eskato a commencé son œuvre d'extermination des hommes, avait objecté l'analyse tribale. Comment pouvons-nous protéger celui-là ?

Aidons-le dans la mesure du possible. S'il est vraiment notre douze millième, il trouvera en lui les ressources pour échapper aux légions du Verbe.

Benjamin avait transmis ses directives aux anges, aux hordes de chiens, aux nuées d'insectes, avait guidé Solman lors de l'éruption volcanique, avait détecté, grâce à l'analyse spectrale, une réserve d'énergie liquide dans les ruines d'une ville qui, sur une ancienne carte, portait le nom de Tours. Pour le reste, la tribu n'avait pas eu d'autre choix que de s'en remettre à la chance, aux talents singuliers du donneur et au désir suscité en lui par la beauté de la deuxième sœur. Elle n'avait pas prévu que celle-ci céderait à la pulsion de s'unir physiquement à Solman, mais elle avait compris que les hommes éprouvaient ce besoin pressant de sceller les pactes par des effusions de sang ou des étreintes charnelles, et elle avait aidé la sœur à enfoncer les barrages de ses défenses immunitaires, sachant qu'elles se reconstitueraient dès qu'elle aurait franchi la porte du rempart. Le parcours s'était avéré dangereux, hasardeux, chaotique, mais Benjamin avait préservé l'essentiel : ils étaient bel et bien douze mille à se présenter devant le Verbe, les douze mille de la douzième tribu, un nombre dont la perfection reflétait la pureté de leur âme, leur état de Justes.

Effleuré par une sensation de mouvements, Solman rouvrit les yeux. Il se tenait à côté de Kadija, dans l'emplacement libre du premier alignement. Il aperçut la silhouette massive de Moram un peu plus loin, à demi estompée par l'éclat de la construction, figée par la stupeur et la peur. Autour de lui, les parties supérieures des tubes avaient coulissé sans un bruit. Il en vit sortir des hommes et des femmes, nus, tous dotés de corps jeunes, élancés, magnifiques. Non pas des hommes et des femmes, mais les frères et les sœurs de la tribu. Même si leurs enveloppes conservaient leurs apparences humaines, ils n'avaient plus qu'un lointain rapport avec cette humanité qu'ils avaient extirpée d'eux comme une mauvaise herbe. Leurs différences, les organes sexuels, la couleur des cheveux, la texture de leur peau, ne subsistaient que pour mieux célébrer leur avènement, leur unité, leur sainteté. Leurs regards se tournaient vers la construction flamboyante, vers le trône qui abritait la source d'eau vive, l'arbre de vie.

Le pantalon de cuir déchiré de Solman gisait dans l'herbe. Il était nu comme les autres membres de la tribu.

Comme *ses* frères et sœurs.

Une nuée de points scintillants surgirent de la bâtisse et se répandirent dans l'air telle une gerbe d'étincelles éparpillées par le vent. Ils se posèrent sur Solman, qui sentit aussitôt des picotements chauds s'étendre sur ses épaules, sur sa nuque, sur sa poitrine, sur son bassin. Ils n'appartenaient pas à la famille des insectes, ils vibrionnaient comme des parcelles d'intelligence pure, ils lui inoculaient de nouveaux fragments d'information qui se logeaient dans ses gènes pour corriger les imperfections de son corps, pour reconstruire sa jambe gauche, éliminer ses tares scorpiotes, son horloge biologique, ses besoins et ses souvenirs d'homme. Ils le marquaient du Sceau, et bientôt, lorsqu'ils auraient achevé leur œuvre, il ne resterait plus rien de Solman le boiteux, plus rien de sa clairvoyance, plus rien de sa mémoire qu'un vague sentiment de manque qui le harcèlerait comme un spectre jamais apaisé.

XII

Solman fut submergé par un dégoût profond de lui-même qui lui rappela les violentes manifestations de rejet de Kadija dans la remorque.

« Voici ce que tu as été et ce que tu ne veux plus être, murmurait le Verbe, une créature souillée, infectée, emplie de fureur, un rejeton du Serpent. »

Des bribes de son passé traversaient son cerveau creux comme des courants lointains et glacés... Les jugements silencieux dans l'ombre de la tente des pères et mères du conseil, les nuits porteuses de chagrin, les jours consumés par la solitude, les désirs frustrés d'entrer dans les farandoles enfantines, les mesquineries quotidiennes, les rancœurs, les trahisons, les vengeances, la recherche éperdue d'un partage impossible... Mille et une raisons de les haïr. De se haïr... Mille et une raisons de répudier cette humanité dérangeante, ingrate... Mille et une raisons de la condamner à l'oubli...

« Reçois maintenant le Sceau des Justes, des rachetés de la terre. Tu ne connaîtras plus la malédiction, ni la maladie, ni l'abomination, ni le mensonge, ni la séparation... »

Le tourbillon d'images et de sensations qui s'arrachaient de lui comme des feuilles mortes s'arrêta sur le visage de Raïma la guérisseuse. Il la revit avec toutes ses souillures, avec son regard intense au milieu des excroissances qui la déformaient, qui l'avilissaient. Avec elle il avait connu l'échange magnifique, bien qu'écourté par ses propres démons, avec elle il avait entrevu l'autre humanité, la famille du don, de la générosité, de la tendresse, avec elle il avait puisé dans la souffrance des raisons d'espérer. En elle il avait baigné dans l'humanité éternelle, dans cette eau troublée par la vase où le soleil ne pénétrait pas. Elle semblait n'être venue sur terre que pour donner un prix à sa vie, à leurs vies. Et la splendeur de son souvenir rejaillissait sur les hommes et les femmes qui avaient jalonné l'existence de Solman, Wolf, son père et ange gardien, Mirgwann, sa mère à peine entrevue, Moram, l'ami fidèle, Glenn, le petit frère, Ibrahim le grand-père malicieux, et tous les autres, Helaïnn l'ancienne, Hora la jeune sourcière, Chak, le chauffeur trahi par ses obsessions, Lorr, la petite Léote victime de son courage, Adlinn, la jeune femme désespérée par la mort de son enfant, Gwenuver, Irwan, Lohiq, Orgwan, Joïnner, les pères et mères enivrés de pouvoir, Katwrinn, la sœur sacrifiée, les Slangs, affligés par l'empoisonnement des leurs, les Sheulns, piégés par les vieilles illusions, tous les nomades qui erraient sur les territoires de l'Europe en quête de lendemains impossibles. Raïma la transgénosée était le fil par lequel la trame humaine se reconstituait, se consolidait.

Alors Solman se ferma à la supplique doucereuse du Verbe et déploya sa vision. Elle s'étendit aux confins de l'espace et du temps, elle l'emmena sur les champs de bataille de la Troisième Guerre mondiale, dans les cités surpeuplées, assaillies par les insectes[GM], dans les rues dévastées, dans les colonnes humaines disséminées sur les routes, au-dessus des maisons en flammes, des charniers débordant de cadavres, des fosses comblées de soldats foudroyés. Il vit des avions déverser leurs chapelets de bombes, de gigantesques champignons de fumée s'épanouir dans l'air incendiaire, des bataillons de solbots quadriller les territoires, semer des mines, achever les blessés, réduire peu à peu les terres en cendres. Le chant de l'intelligence destructrice résonnait en sourdine dans le fracas des explosions, dans les crépitements des armes, dans les gémissements des agonisants, dans les bourdonnements des insectes[GM], dans les aboiements des hordes de chiens lâchées sur les rescapés. Il s'élevait également dans le silence des mers, des fleuves, des sources, des ruisseaux, dans les reptations des anguilles[GM] chargées de contaminer les eaux.

Le chant de l'Eskato. Le chant de la fin des temps...

Sa vision projeta Solman avant la guerre, au cœur d'un désert, sur un ancien aéroport transformé en astroport, protégé des regards indiscrets par une haute palissade et un toit de plusieurs centaines de kilomètres carrés. Des milliers de passagers embarquaient dans des fusées rutilantes. À ceux-là, une partie des Justes élus par l'Eskato, seraient épargnés les tourments de l'Apocalypse qui allait déferler sur le monde et mettre un terme à la civilisation de l'horreur. À ceux-là, comme aux autres Justes répartis dans les onze stations sous-marines et cités souterraines, était promise la récompense des purs, des persévérants, l'immortalité. Quelques jours avant l'embarquement, on les avait marqués du Sceau, une combinaison de gènes qui remodelait le corps, assurait la jeunesse éternelle, effaçait la mémoire et délivrait les connaissances nécessaires à leur long séjour dans l'espace et à leur retour sur terre.

L'Eskato...

Solman se retrouva parmi des hommes et des femmes rassemblés dans une salle claire, éduqués dans le culte de leur propre importance, de leur propre puissance. Ils affirmaient que la science avait désormais la capacité d'accomplir les volontés divines exprimées par le Livre. La population terrestre, en constante augmentation, risquait un jour ou l'autre de déborder comme un torrent gonflé par les pluies, d'emporter dans l'oubli la formidable accumulation de données génétiques et informatiques, de réduire à néant une œuvre qui avait pris racine dans les temps reculés de la découverte du feu.

Comme l'avait souligné Ibrahim, de nombreux prophètes s'étaient succédé entre le début du XXIe siècle et les premières convulsions annonciatrices de la Troisième Guerre. L'Eskato n'était pas un prophète à proprement parler, mais un groupement d'individus qui s'étaient déclarés éclairés, visionnaires. Un cercle formé au début de l'ère industrielle, d'essence chrétienne, qui avait interprété, à la lueur de l'Apocalypse, l'avènement de la science comme l'étape finale de l'évolution humaine, comme l'émergence d'un nouvel être, d'une nouvelle élite. Lors des Première et Deuxième Guerres mondiales, l'Eskato avait observé attentivement les mécanismes d'anéantissement des masses, soutenant l'un ou l'autre camp selon ses intérêts ou ses besoins du moment, les Nazis quand il s'était agi de concevoir les camps de la mort, les Américains dans leur décision de lancer la bombe atomique sur le Japon. Il en avait tiré une série d'études, secrètes bien entendu, qui préconisaient les armes génétiques – insectes génétiquement modifiés principalement –, la modification du climat, la pollution généralisée, l'empoisonnement systématique des eaux. Puis, sous l'impulsion de ses membres les plus extrémistes, il était passé à la phase concrète de son projet. Le choix des cent quarante-quatre mille Justes avait soulevé une question très vite tranchée par les financiers. Mériteraient d'être rachetés, outre les indispensables scientifiques et techniciens, ceux qui, quelle que fût leur religion, pourraient acquitter un droit d'entrée fixé à cent millions de dollars ou d'euros, les monnaies les plus prisées de l'époque. Les programmes génétiques s'emploieraient à corriger les déviances, à rendre leur virginité aux âmes égarées. L'argent recueilli servirait à financer les diverses unités de recherche, la construction des cités sous-marines et souterraines, l'achat de fusées à la NASA ou à l'Eurospace, l'assemblage de la station orbitale de Benjamin, la tribu de l'espace chargée de réguler le climat.

Haut placés, introduits dans les arcanes du pouvoir, les missionnaires de l'Eskato n'avaient rencontré aucune difficulté à recruter quatorze mille scientifiques parmi les plus brillants de l'époque – et les moins scrupuleux – et cent trente mille adeptes prêts à débourser cent millions de dollars ou d'euros pour satisfaire un désir d'immortalité aussi vieux que le Big Bang. Ils venaient de pays différents, d'horizons différents, politique, économique, artistique ou religieux, mais tous se ressemblaient par leur appartenance aux cercles restreints des élites, tous se rejoignaient dans le mépris de ces masses dont ils tiraient leur subsistance, tous désiraient prolonger leurs privilèges à travers le temps. Tous adhérèrent au principe de l'Apocalypse, du jugement dernier, de la destruction totale de la civilisation humaine puis de la métamorphose de la terre en un nouvel Éden. Profondément marqués par les dogmes des religions du Livre, tous acceptèrent la génétique et l'informatique, les deux sciences de l'infiniment petit, de l'infiniment puissant, comme le moyen nécessaire de concrétiser les prophéties.

Ils se répartirent en douze tribus, par affinités ou par nécessité. Juda, Ruben, Gad, Aser, Nephtali, Manassé et Siméon se retirèrent dans les cités souterraines d'Europe ou d'Amérique, Lévi, Issachar, Zabulon et Joseph dans les cités sous-marines de l'Atlantique et du Pacifique, Benjamin dans la station en orbite autour de la Lune. Les anges, les serviteurs repêchés dans les couches un peu moins fortunées de la population, subirent leur modification génétique et se tinrent prêts à intervenir. L'Eskato sonna le début de la Troisième Guerre mondiale en organisant lui-même le bombardement atomique de Pékin, une ville de l'axe PMP, puis celui de Delhi, une cité de la coalition IAA. Il lâcha ensuite ses cohortes de solbots, d'insectes [GM] et de chiens sur les foules paniquées et introduisit les anguilles [GM] dans les océans, les fleuves et les rivières...

Une chaleur vibrionnante se diffusait dans le réseau sanguin de Solman. Le Verbe qui l'investissait n'était rien d'autre qu'un programme génétique et informatique implanté dans le corps de chaque Saint. Une intelligence tapie dans les cellules, cryptée, vigilante, connectée aux satellites, aux mouvements de la planète, aux animaux [GM], aux anges.

Le Verbe reliait Solman à Benjamin, mais pas aux autres tribus.

Pas encore...

Jusqu'alors, chacune des douze tribus, chargée d'une mission précise, avait vécu en totale autarcie, à la fois pour garantir sa sécurité, éviter les contaminations (les doutes de Benjamin, par exemple) et préserver la pureté de l'enseignement.

Aujourd'hui était le jour de leur réunification. Le jour où le Verbe se révélerait dans toute sa splendeur et multiplierait sa puissance par douze fois douze mille. Le jour où les Justes, les marqués du Sceau, prendraient possession de leur Éden, de leur demeure éternelle.

Un coup de tonnerre ébranla l'air, un éclair jaillit de la construction, et le cantique, à nouveau, s'éleva dans la poitrine et le cœur de Solman. Les voix étaient innombrables, comme si une foule immense avait pris possession de lui. Il eut une brève sensation d'éblouissement, un feu brûlant se propagea dans son corps, et il fut raccordé aux onze autres tribus. Elles n'avaient pas besoin d'être rassemblées dans un même lieu, comme l'avait cru Kadija. Le rempart de la Jérusalem nouvelle était la terre entière, onze portes, les entrées des cités sous-marines et souterraines, la douzième la forêt de l'Ile-de-France, la porte de Benjamin. L'Eskato se dévoilait maintenant dans toute sa dimension. Maître des terres, des cieux et des eaux. Juda, Ruben, Gad, Aser, Nephtali, Manassé et Siméon avaient reprogrammé le monde végétal, animal et minéral afin de parer la terre de ses vêtements de noces, Lévi, Issachar, Zabulon et Joseph avaient rendu leur limpidité originelle aux eaux grâce aux myriades de poissons et de crustacés génétiquement modifiés, Benjamin avait ramené de l'espace un climat à la douceur éternelle.

Il restait encore des poignées d'hommes dans l'Éden des Saints. Sur les continents d'Europe, d'Afrique, d'Asie et d'Amérique. Certains retournés à l'état sauvage, d'autres conservant un semblant de technologie. Les satellites renvoyaient à Solman les images de petits groupes pourchassés par des hordes d'animaux, errant sur des territoires en pleine métamorphose, déserts qui s'habillaient de végétation, plaines qui se couvraient d'une herbe tendre et de buissons fleuris, marécages qui reprenaient vie et jungles qui s'aéraient sous l'action inlassable des mammifères, des poissons, des insectes et des micro-organismes. Certains de ces hommes avaient la peau foncée, d'autres la peau cuivrée, d'autres la peau blanche. Ils allaient nus ou vêtus de hardes, équipés d'arcs, de lances, de haches de pierre ou d'armes à feu récupérées sur les champs de bataille de la Troisième Guerre mondiale. Parmi eux, les Aquariotes et les rescapés sheulns terrés dans le bunker des ruines de Tours. L'Eskato, surpris par leur résistance, les pourchasserait jusqu'à ce qu'ils aient entièrement disparu de la surface de la terre.

De *sa* terre.

Solman s'accrocha à eux, à ces hommes, comme à des rochers, pour résister au courant qui l'emportait. À eux aussi, à eux surtout, il se sentait relié. Le Verbe n'avait pas encore effacé sa mémoire humaine. Le Verbe avait renoncé aux notions telles que la compassion et, pourtant, il avait établi sa légitimité sur un Livre qui prônait la compassion. Il n'en avait retenu que la partie finale, cette prophétie apocalyptique qu'il avait interprétée à la lettre, sans jamais l'éclairer à la lumière des paroles de Jésus de Nazareth : « Ce que vous faites au plus petit d'entre vous, c'est à

Moi que vous le faites. » Ces hommes et ces femmes de l'ancien temps s'étaient accaparé les notions d'élite, de sainteté et de jugement. Le sort qu'ils avaient attribué aux plus petits d'entre eux, la misère, la maladie, la mort, c'était à eux-mêmes qu'ils l'avaient réservé. Ils avaient refroidi ce feu originel dont ils se prétendaient les enfants uniques. Ils avaient répudié leur humanité, effacé leurs désirs et leur mémoire pour jeter un voile d'oubli sur leur immense culpabilité, celle-là même qui avait rongé Benjamin dans sa station spatiale, qui l'avait poussé à déléguer deux de ses sœurs pour exhumer la cause occulte de ses interrogations. Solman avait perçu cet élan la première fois qu'il avait croisé Kadija, cette aspiration fondamentale à briser le rempart d'amnésie érigé par l'Eskato, à se réinsérer dans la trame d'origine.

Bien que tout-puissant, le Verbe présentait des failles. Il n'avait rien capté du cheminement intérieur de Solman, l'homme repêché par Benjamin, le doute matérialisé devant lui. La vision des donneurs filait entre les mailles serrées de son filet. Les sciences de l'infiniment petit n'étaient que de pâles imitations de la fluidité infinie de l'esprit. Et puis l'Eskato était conçu sur le modèle informatique, donc sur la transmission instantanée des données. Qu'un seul de ses membres lui inocule une nouvelle information, un virus, et c'est l'ensemble de la chaîne qui serait contaminé.

Solman sortit de l'alignement et se dirigea vers Moram, tétanisé au centre de l'espace entre les appareils et la bâtisse cubique.

« Qu'est-ce qui se passe, bordel ? » hurla le chauffeur.

Solman débordait d'amour pour lui comme il débordait d'amour pour tous ses frères humains, pour tous les petits de la terre. Les défenses de l'Eskato, qu'il sentait se déployer en lui comme des pulsions inhibantes, étaient impuissantes à tarir la source de la compassion.

« Je suis un donneur, dit Solman avec un sourire radieux. Ils m'ont convié à prononcer un jugement. Mon dernier jugement.

— J'ai cru que tu les avais rejoints, ces tarés. Tu t'es foutu à poil, tu t'es placé à coté de Kadija et de drôles d'insectes lumineux se sont posés sur toi. J'avais une putain d'impression de voir ton corps se modifier sous mes yeux.

— Ton revolver est toujours chargé ?

— Évidemment. Mais tu m'avais dit que ce genre d'arme...

— J'ai eu tort. Elle va nous servir.

— À quoi ? »

Solman désigna les Saints alignés à côté des appareils. L'Eskato avait maintenant compris ses intentions et concentré toute sa puissance dans la métamorphose de son corps, dans l'effacement de sa mémoire.

« À exécuter la sentence.

— Quelle sentence?

— Nous allons leur offrir le baiser de paix, Moram. Le baiser de la mort. »

XIII

Moram sortit de l'ombre de la forêt et, chancelant, ébloui par la lumière crépusculaire, s'élança sur la plaine. Le grondement insupportable qui lui emplissait le crâne étouffait la moindre de ses pensées. Il aurait été incapable de dire combien de temps lui avait pris sa traversée de la lèpre végétale de l'Ile-de-France.

Un jour? Un an? Un siècle?

Il s'était battu comme un beau diable pour s'arracher de ses griffes, pour se sortir de ses pièges. Il s'était dirigé au hasard, aveuglé par son chagrin et ses larmes, ployant sous le poids de son fardeau. C'était sans doute un miracle s'il ne s'était pas fourvoyé dans une nappe de boue mouvante, s'il ne s'était pas griffé aux branches des buissons toxiques, s'il n'avait pas piétiné des plantes vénéneuses, si les chiens sauvages ne l'avaient pas dévoré. Il ne restait de sa chemise que deux ou trois lambeaux maintenus par la lanière de la gourde à ses épaules et à ses bras. Son pantalon déchiré, alourdi par un objet volumineux, lui tombait sur les jambes, mais il n'avait pas la présence d'esprit de le remonter ou de le retirer. À vrai dire, il ne savait pas très bien ce qu'il fabriquait sur cette plaine où les vents déposaient un vent mordant, une haleine hivernale. Il n'était rien d'autre qu'une rumeur persistante ruinant ses pensées, une coupe de détresse emplie d'une eau glaciale et empoisonnée. Trop désespéré pour se soucier de la fatigue ou des balafres qui zébraient son torse dénudé.

Il marcha en direction du sud, du moins c'est ce que semblait indiquer la position du soleil. Il dérangea des nuées de corbeaux affairés à nettoyer des carcasses pourrissantes et puantes de vaches sauvages.

« Moram! »

La voix, puissante, le cloua sur place. À nouveau secoué par une crise de sanglots, il resserra inconsciemment ses prises sur les jambes et le bras du corps qu'il portait. Il se retourna et vit, entre ses cils emperlés de larmes, une longue silhouette s'avancer vers lui. Il eut besoin de plusieurs minutes pour reconnaître le visage à moitié ravagé de Wolf, dont la terre et la poussière sédimentaient les cheveux et les vêtements.

« Je... je te croyais mort, hoqueta-t-il.

— Le destin ne l'a pas voulu. Cinq ou six vaches se sont écroulées devant moi. Elles m'ont protégé du reste du troupeau. Je viens tout juste d'enterrer Ibrahim... »

Le Scorpiote désigna le corps sans vie jeté en travers sur les épaules du chauffeur.

« Solman. »

Il avait prononcé ce nom sans colère, sans chagrin, juste comme un soupir d'évidence. Le grondement s'estompa dans le crâne de Moram et ses souvenirs rejaillirent en force comme une source tumultueuse et sale.

« Tu m'avais demandé de veiller sur lui, et c'est moi... moi qui l'ai tué, bredouilla-t-il, effaré par les mots qui fusaient de sa bouche. Il m'a dit... il m'a dit qu'il devait leur apprendre la mort, mais que quelque chose l'empêchait de se tuer lui-même... Le pouvoir de l'intelligence, du Verbe... »

Moram secoua la tête pour chasser les images accablantes, implacables.

« "Vite! il m'a dit... Ou le Verbe me transformera en être invincible, immortel, et se servira de moi pour t'étrangler, pour exterminer les derniers hommes..." Ils se dirigeaient tous vers moi... Ces créatures... La lumière me brûlait les yeux... J'ai paniqué... J'ai tiré, bon Dieu, oui, j'ai tiré... J'ai atteint Solman en plein cœur... Il est mort dans mes bras, en souriant... Il avait l'air si heureux... J'ai tué ton fils, Wolf... J'ai tué mon ami... La détonation a résonné dans mon crâne... Un bruit terrible... »

Wolf apaisa le tremblement de Moram d'une pression appuyée sur l'avant-bras.

« Que s'est-il passé, ensuite?

— J'ai entendu des cris, des gémissements... Le chœur des voix... Atroce, insupportable... Je les ai vus courir dans tous les sens, comme des rats affolés... Se jeter les uns contre les autres... Une putain de vraie folie collective... Sauf Kadija... Elle, elle est venue vers moi et m'a souri avant de tomber comme une masse à mes pieds... Il ne restait plus rien de la bâtisse, comme si elle n'avait jamais existé... Comme un feu qui se serait éteint... J'ai lâché mon revolver, j'ai fourré le Livre dans ma poche, j'ai hissé le corps de Solman sur mes épaules, je suis parti en courant, sans me retourner... L'ange et ses chiens gisaient dans l'herbe, d'autres aussi dans la clairière, des Slangs à ce qu'il m'a semblé... Les arbres avaient cessé de briller... J'ai cru que la nuit était tombée... Après, je ne sais plus... J'ai traversé la forêt... Le bruit continuait de me résonner dans le crâne... Bon Dieu, comment est-ce que j'en suis arrivé là?

— C'était la volonté de Solman, dit Wolf d'une voix douce. Mère Nature m'a épargné la douleur de le tuer moi-même comme j'ai tué sa mère.

— Tu... tu savais ce qui allait se passer ?

— Pas exactement. Ma vision m'avait montré qu'il ne ressortirait pas vivant de cette forêt. J'ai tranché nos liens pour le laisser seul prendre sa décision.

— Je ne suis pas comme toi, Wolf. Je n'ai jamais appris à vivre avec le chagrin. Je... je comprendrai si tu veux te venger. »

Un sourire pâle flotta sur les lèvres du Scorpiote.

« Me venger de quoi ? Tu n'as pas donné la mort à mon fils, Moram, tu as donné la vie aux derniers hommes. La vie ne va pas sans la mort. »

Ils passèrent la nuit à veiller Solman, luttant contre le froid piquant par la seule chaleur de la parole, des larmes, de la présence. Le Livre de Raïma, posé sur la poitrine du donneur, et ses mains croisées dissimulaient en partie la cavité aux bords déchiquetés creusée par la balle. Malgré sa barbe, il avait l'air d'un enfant plongé dans un sommeil paisible, un sommeil de Juste.

À l'aube, ils décidèrent de brûler le corps.

« Et le Livre, ajouta Wolf. Un cycle s'achève. Les hommes doivent renoncer aux vieilles croyances et s'en remettre entre les mains de mère Nature. S'ils vénéraient Solman comme un prophète ou un dieu, son sacrifice n'aurait servi à rien. Il vit en chaque homme comme chaque homme a vécu en lui. »

Il leur fallut plusieurs heures pour retourner à l'orée de la forêt et ramasser des branches mortes. Ils placèrent ensuite Solman sur le bûcher que Wolf enflamma à l'aide des allumettes dont il gardait toujours une provision sur lui.

Moram pleura à chaudes larmes, puis, quand le vent eut dispersé la fumée étrangement translucide qui montait du corps calciné, il eut la vision de Hora l'attendant sur une colline des environs de Tours. Elle incarnait la vie, elle brillait comme un fil somptueux dans la trame.

« Moi je remonte vers le Nord, dit Wolf comme s'il avait deviné les pensées du chauffeur. Mon temps est fini. C'est idiot, mais j'ai envie de revoir cette vieille Baltique avant de rejoindre Mirgwann et Solman. L'eau sera sans doute redevenue complètement pure d'ici quelque temps. Mais ça, ta jolie sourcière te le confirmera. Longue et belle vie, Moram.

— Adieu, Wolf. Je... »

Le Scorpiote l'interrompit d'un geste du bras et, son fusil et une gourde en bandoulière, s'éloigna d'un pas alerte en direction du Nord, emportant avec lui sa peine et ses secrets.

Trois jours plus tard, Moram gravissait la pente de la colline et serrait Hora à l'étouffer. Son chagrin s'était dispersé dans sa marche. Il voyait désormais, à travers les yeux de Solman, à travers la vision, toute la beauté du monde.

Du monde des hommes.

Le livre à 10 F

337

Composition Euronumérique
Achevé d'imprimer en Europe
à Pössneck (Thuringe, Allemagne)
en mai 2000 pour le compte de E.J.L.
84, rue de Grenelle 75007 Paris
Dépôt légal mai 2000

Diffusion France et étranger : Flammarion